裂嘴女

都市傳說系列05

笭菁 著

都市傳說5：裂嘴女

楔子

末班公車在雨天的夜間停下，近日大雨紛紛，山區災情不斷，寒流跟著來襲，讓冬日更添冰冷，紅燈有七十秒的時間，司機抽空拿起一旁的保溫瓶喝了口熱茶。

女孩突然轉醒，腦子裡有點模糊，一時之間不太明白自己身在哪兒。

啊！公車！她倏地坐直身子往窗外看去，這是哪裡……她有沒有坐過頭？瞇起眼看著滿是水珠的玻璃窗外，幸好離家還有幾站的距離，讓她鬆了口氣。

從口袋裡拿出鑽石形狀的護唇膏隨意往唇上一抹，透過漆黑的玻璃，看見倒映在窗的人影：她，以及身邊的乘客。

嗯？她悄悄回頭，再正首往前看，這末班公車上根本沒有什麼人啊……

嚴格說起來，就只有她以及身邊那個女生兩個人而已！

這麼多座位，為什麼非要坐在她身邊呢？女學生趕緊留意書包，她一直擱在腿上，裡頭也沒有什麼值得偷的東西，隔壁的女生雙手擱在腿上，沒有其他動作，看上去很正常。

戴著口罩的女生只是望著前方，長及肩的黑髮看起來有點亂，身上穿的衣服相當單薄，這麼冷的天氣好像只穿了一件秋天外套，裡面的衣服看起來也不保暖。

還是很奇怪，爲什麼硬要跟她擠這一個位子咧？雙手摀著自己的臉，她臉都凍僵了，這種天氣感冒的人多，她應該也要戴著口罩以防萬一才是，一來防止傳染，二來似乎也能暖和許多。

「妳覺得我漂亮嗎？」

突然間，隔壁的女孩轉過來，幽幽的望著她。

她一怔，「嗄？」

「妳覺得我漂亮嗎？」女孩歪著頭，輕聲的問了一句。

這是什麼莫名其妙的問題？蕭妤珊轉著眼珠子思考，這女生果然怪怪的嗎？所以才會坐在她旁邊……還是先下車好了？可是這是末班車，離她家還有十站耶！

換位子！對！她可以先往前——挪動身子要起身，身邊那女生卻忽地坐直身子，硬擋住她的方向：「我漂亮嗎？」

「我怎麼知道？」她不耐煩的回著。

「我漂亮嗎？」她跟跳針一樣，凝視著她問。

戴口罩跟戴墨鏡一樣，不管是誰都會變正啊！女孩的堅持讓她有點不安，她皺起眉站起身，「借過一下。」

那女孩竟跟著站起：「我漂亮嗎？」

「漂亮，漂亮漂亮！」她提高了分貝，有完沒完啊！

女孩忽地一笑，微微頷首，然後慢條斯理的拆下她臉上的口罩。

蕭妤珊事後回想過無數次，她還是不知道自己應該怎麼回答會比較好……口罩下的那張臉，她永遠也忘不了。

女孩兩邊的嘴角朝著耳朵的方向裂開，一條怵目驚心的疤痕就在臉上，雖未眞的裂到耳下，但也佔了臉頰的三分之二，光是這樣看著，蕭妤珊一時就說不出話來。

「那現在呢？」她一字一字開口，嘴角裂開的部分一起張開，變成一張血盆大口……蕭妤珊可以看見裡頭所有的牙、看見女孩整個口腔！

「哇啊——」她嚇得花容失色，急忙的想要推開女孩衝出去。

司機也留意到了，從照後鏡看著，「小姐，發生什麼事？」

「現在呢？」誰知女孩竟一把將蕭妤珊推回座位上，逼她跌坐在椅，並上前卡住她所有能動彈的空間，「我還漂亮嗎？」

聽見嘶吼聲，司機一度以爲是同學間的吵架，但這樣不行，他留意著下一站就快到了，切到外線道準備停車。

「同學，不要吵架！」他還想當和事佬。

「漂亮……妳很漂亮！」蕭妤珊低頭根本不敢看，好噁心的一張臉啊！但是面對這看似精神失常的女生，她怎麼可能敢說她醜呢？

「是嗎？」女孩幽揚的微笑，伸手進口袋，口袋的位子恰與蕭妤珊平視，她看著她從口袋裡緩緩拿出一把銀色的剪刀，腦海裡一片空白。

「妳要幹什麼……」她下意識伸長了手要阻擋，「救命——殺人！殺人啊——」

她放聲尖叫，這讓司機沒有時間遲疑，直接往路旁緊急煞車。

蕭妤珊整個人因此往前撲去，但這樣的衝力，卻對站著的女孩毫無影響，她按住蕭妤珊的雙肩，手裡的剪刀張開刀刃，二話不說就往嘴裡插了進去——剪刀沒有刺及她的舌或是牙齦，但是……

刀刃是開的，只有一半在她的嘴裡，另一邊的刀刃在她臉頰上啊！

9928213

「那就跟我一樣漂亮吧！」

「唔——唔——」

蕭妤珊才想掙扎，女孩竟喀嚓一聲，就著她的右邊嘴角剪了下去。

「唔！啊啊——」她痛得慘叫，但是身體卻被制住，完全動彈不得，「唔——」

女孩迅速的反轉刀勢，刀尖朝向左邊，箝住蕭妤珊的下巴，喀嚓再一刀。

司機拉緊手煞車後，從駕駛座跳了出來，直奔向後面的位子，只是當他朝著蕭妤珊衝去時，卻也看見那回首的女孩……那張嘴、那看起來駭人的眼神。

「啊啊……」司機卻步，只是這麼遲疑一秒，突然間「七」的一聲，車門開了！

怎麼可能!?司機詫異的回首，他人在這兒，沒有人能開門啊！

司機即刻正首，卻發現剛剛站在後門邊的女孩不見了！公車上只剩下他，還有滿嘴鮮血、顫抖著尖叫的蕭妤珊！

「啊啊——哇——」她哭喊著，盈滿著血的大嘴巴……跟剛剛那個女孩一模一樣。

裂嘴女，出現了。

第一章 徘徊的裂嘴女

「蕭好珊同學因爲個人因素，今天起開始休學，大家有空的話記得常傳LINE給她，關心一下。」導師在上面說著令人震驚的消息，學生們在底下交換著眼神。「好了，放學回家小心一點，不要落單喔！」

導師語畢，鐘聲響起，學生一下子雀躍起來，急著收拾回家。

「看，果然休學了。」謝淳涵皺著眉說道，「居然這麼嚴重！」

「太奇怪了，我去過幾趟醫院都被拒於門外耶！」林平悅顯得很懊惱，「老師說得容易，她LINE根本也不回。」

「到底發生了什麼事？」謝淳涵咬著唇，「我聽說啊……她好像被毀容了耶！」

「咦……」學生們果然立刻聚在一起，「我也有聽說耶，在公車上出事的！」

「她一直不見客也是這個原因，聽說莫名其妙就被割了一刀！」

「到底怎麼割的？變態啊？」

「是女生啊！公車司機說那是個女生，凶手臉上也有傷痕呢！」

「啊，是不是心理變態，所以才這樣隨意傷人？」

一直在旁默默不語的張菀芳將書放進書包裡，緩緩站起身，她的動作引起大家注意，畢竟她是蕭好珊最要好的朋友。

「張菀芳，妳去看過她了嗎？」謝淳涵問著。

張菀芳看著大家，默默點了點頭，「狀況不是很好。」

「究竟怎麼了？身爲同學都只從新聞上得到消息，這太扯了。」林平悅焦急的說，「她是眞的臉受傷了嗎？」

張菀芳嘆口氣，「你們等等看見不就知道了。」

這反而讓大家侷促不安，瞧她說得這麼輕鬆，萬一等會兒瞧見可怕的樣子怎麼辦？

雖說幾次見不到同學，但張菀芳似乎相當有把握，帶著大家一起抵達蕭妤珊所在的醫院，中途使用手機聯繫，好像眞的可以看見同學了。

「好珊突然肯見我們是爲什麼？」林平悅就覺得怪，「之前明明連我都不見。」

「我跟她說你們眞的很關心她，說服她至少讓關心她的人知道原委。」張菀芳的神情總是很悲傷，「只是拜託，你們等等不管看到什麼，都不要有太誇張的表情。」

此話一出，大家心裡更覺得不妙，感覺事情很糟糕啊！

「她該不會被潑硫酸吧？我聽說那個樣子醜得嚇人耶！」男生也在耍嘴賤

了，「萬一我不小心叫出來怎麼辦？」

「成太！」張菀芳不客氣的回頭瞪他，「現在不是開玩笑的時候好嗎！」

起子用手肘撞了撞他，沒看見氣氛凝重嗎？他還有空開玩笑？成太不以為意的吹著口哨，就是氣氛這麼緊繃，他才想緩和一下的嘛！

終於，大家來到了病房，上頭寫著蕭妤珊的名字，一旁依舊掛著「謝絕會客」的牌子。

張菀芳上前叩門，「蕭媽媽？我是張菀芳。」

幾秒後房門開啓一小縫，那是個憔悴的母親，她用佈滿血絲與浮腫的眼睛看著學生們，緩緩點頭，開了門讓大家進去；步入病房內，氣氛相當沉悶，蕭妤珊一個人住在偌大的病房裡，只有一張床，看起來像是VIP室似的。

蕭妤珊就坐在病床上，戴著口罩，披頭散髮的看著大家，雙眼看起來是哭過的，但是又帶著一種狂亂。

「蕭妤珊！」謝淳涵一個上前，「妳到底怎麼了？LINE也不回，人也不見，我們會擔心的好嗎！」

「對啊，問導師也是一問三不知！」林平悅附和，就站在床尾。

成太跟起子兩個男生上前，面對著喜歡的女生，成太變得很安靜，因為瞧見蕭妤珊那削瘦的病態，他只覺得擔憂。

張菀芳走到床邊，偷偷瞥了她一眼，再看見蕭媽媽，「情況還是不好嗎？」

蕭媽媽搖了搖頭，「她幾乎都不吃飯，精神狀態也越來越糟。」

精神狀態？每個同學都聽見關鍵字了。

「妤珊，妳一定要振作啊！」張菀芳輕輕握她的臂膀，「不吃東西沒有體力的，如果傷口更惡化怎麼辦？」

「哼……」蕭妤珊忽地冷笑一聲，幽幽的轉過來看向她，「我現在還不夠糟嗎！」面對突如其來的咆哮，讓在場同學都嚇了一跳，好端端的，蕭妤珊怎麼突然生氣？

「傷口怎麼了？」謝淳涵趕緊問，「妳的臉受傷了嗎？」

大家望著口罩，可以看得到下面依然貼著紗布。

「為什麼是我……為什麼？」下一刻，蕭妤珊突然哭了起來，「我什麼都沒做啊！」

「蕭妤珊！」成太即刻上前安撫，「沒事的，妳不要這樣，傷心對病無益啊！」

「你們少在那邊說風涼話了！」蕭妤珊立刻甩開成太的手，「你說過我很可愛，我真的可愛嗎？」

仰著頭，蕭妤珊問向左手邊的成太，成太一陣臉紅，怎麼當著多人，還有她媽媽的面前講這個啦！他悶悶的點點頭，引來一陣騷動。

「哎唷，這麼甜！」林平悅笑著，張菀芳卻突然用眼神暗示她不要開玩笑。沒有人瞭解過蕭妤珊所經歷的，她現在絕對不是在告白。

「我可愛嗎？我漂亮嗎？」蕭妤珊沒聽見回答，不死心的握著成太的手搖晃。

「可、可愛！」成太反而有點被嚇到，不懂蕭妤珊怎用這種執著的口吻。

「那個女生就是這樣問我的！我也回答她很漂亮，然後——」蕭妤珊摘下了口罩，狂暴的撕開紗布的貼紙，「她就把口罩拿下來了！」

「妤珊！」蕭媽媽急得上前，「妳不能拆！有傷口啊！」

「蕭妤珊！」張菀芳也上前阻止，但蕭妤珊已經一把扯下左右兩頰的兩塊紗布，張菀芳急忙的按鈴，請護理師趕緊過來。

但是，病房內已經一陣靜默，連成太都看傻了眼，那個曾經可愛的女孩，現在那張臉卻變得如此可怕。

左右嘴角都向上裂開，像極了小丑的臉，咧開嘴笑著，只是那不是畫上去的效果，而是眞的被刀子割開的模樣……更可怕的是，她裂開的傷口現在正澄黃一片，全是膿液！

謝淳涵忍不住掩嘴，她簡直不敢相信親眼所見！

「那是什麼……妳說那個女生這樣傷害妳嗎？」謝淳涵低吼著，「在公車上這樣傷人？」

餘音未落，護理師衝了進來，看見擅自撕開紗布的蕭妤珊，焦急的檢查傷口，「爲什麼把紗布撕下來了……糟，她傷口好像更嚴重了。」

「我沒有做錯什麼！」蕭妤珊忽然大吼起來，縫線被撐開，所有人都能看見中間盡是膿水的裂縫，「我只是要回家而已！」

「不要用力……妳的傷口還沒癒合！」護理師緊張的安撫著，回頭看著同學們，「出去！請你們先出去好嗎？患者情緒不宜激動！」

張菀芳見狀，趕緊推著成太離開，催促著大家走。

「我應該要回答她不漂亮的，她就不會把我變成這樣了，不會啊啊啊啊——」悲痛欲絕的哭聲從裡頭傳來，學生們慌亂的離開病房，每個人臉上都帶著未止的震驚。

「我的天哪……」林平悅雙手壓著自己的嘴角，「她的臉、就這樣被割開了……」

「不是割，」張菀芳幽幽出聲，「是被剪開的。」

噫！學生們無不倒抽一口氣，剪、剪開嘴角？天哪！起子用聽的就覺得頭皮發麻！

「太殘忍了！爲什麼要這麼做？」成太抱著頭，無法相信明明那天才跟他道再見的女生，一轉眼成了那副駭人模樣，「剪開的話……她怎麼可能沒有反抗!?」

「反抗不了，蕭妤珊說她被壓在位子上，那個女生拿著剪刀，刀刃一張就伸進她的嘴裡，就著嘴角一口氣剪下。」張菀芳也很難受，「司機停好車再過來，不過數秒時間，對方就剪開了她兩邊嘴角，速度快得驚人……」

「然後人呢？既然司機有幫忙，怎麼會讓人跑了？」謝淳涵覺得不可思議。

「司機說門自己打開，他嚇一跳回頭查看，那一秒的時間兇手就下車了！」張菀芳也覺得難以置信，「接著他只知道手忙腳亂的報警，趕緊將蕭妤珊送醫。」

「太扯了……在公車上也會發生這種事，無緣無故爲什麼要剪開人的嘴角？死變態！」成太激動不已，路過的護理師請他壓低音量，「都這麼久了，爲什麼還沒抓到人？公車上現在都有監視器，可以調出來查看那個人的樣子啊！」

張菀芳突然臉色蒼白，緊繃著身子，甚至微微發顫，林平悅蹙眉上前趕緊摟過她的肩膀，「怎麼了？妳慢慢說。」

「蕭妤珊說……是坐在她旁邊的女生幹的，那女生留著及肩的長髮，有些狼狽，穿著黑色的秋天外套，戴著口罩。」張菀芳帶著恐懼望向林平悅，「但是監視錄影帶中，沒有那個人。」

「一天的乘客這麼多，會不會哪裡看錯了？就算後面拍不清楚，上車時前面的攝影機一定有拍到臉吧？」起子也提出問題。

「那台公車前後都有裝監視器，畫質相當清晰的。」張菀芳眉頭越皺越緊，「重點是，根本沒有那個人。」

「什麼叫沒有那個人？就坐在蕭妤珊身邊，畫質好就放大，讓新聞全天播放……」成太不爽的又嚷嚷了起來。

起子忙不迭地摀住他的嘴，眞是激動！張菀芳搖著頭，大家聽不懂她的意思，她深吸了一口氣，重新換個說詞。

「那個割開蕭妤珊嘴巴、司機也看見的女孩，沒有在錄影帶裡。」她一字字說著，「蕭妤珊身邊，根本沒有坐人。」

公車上的監視器沒有拍到蕭妤珊身邊的任何人，一直到她受傷爲止，影像裡都只有她一個人，可以看見她在說話、她似乎看著某個方向、她跌坐在椅，然後她的嘴角突然裂開，紅血流出。

司機證實眞的有另一個女孩坐在她身邊，他一直以爲是同學朋友，就連她們爭吵時也是這麼認爲，但是當司機親眼目睹監視器畫面時也啞然，那個長得可怕的女孩子呢？怎麼會拍不到？

無論怎麼想，結果都導向某個答案，把司機嚇得魂飛魄散，離開警局後直衝廟宇燒香拜拜。

謝淳涵想著，就覺得毛骨悚然……不存在的女孩剪開了蕭妤珊的嘴角？她那副模樣，簡直就是裂嘴女吧？這是赫赫有名的都市傳說，但不就只是一種趣談嗎？又沒聽過誰眞的看過！

蕭妤珊那張臉的模樣她至今忘不了，根本就是即使動手術也無法不留疤的傷勢了，化膿的傷口讓一切變得嚴重，蕭妤珊未來都得帶著那醜陋的傷疤過一生。

裂嘴女的傳說是什麼？她得認眞想想，蕭妤珊說是那女孩先問她「我漂亮嗎？」她因爲恐懼回答對方「漂亮」後，對方才動手剪開她的嘴角，因爲「就讓妳跟我一樣漂亮吧！」

所以萬一、萬一她也遇到那個神經病，她要怎麼回？妳醜死了？不，她應該逃走才對！

「買這麼多做什麼啦？」

「我打算社團裡的人一人送一個啊……哎！」說話的人冷不防撞上了路過的高中生，謝淳涵正在出神根本沒留意，直接往地上倒去。「小心！」

對方及時拉住她，她嚇得驚魂未定，才剛在想萬一遇到裂嘴女怎麼辦，突然就被人撞了一下！她倉皇的向右看去，男孩正抓著她的上臂，頭戴著灰色的毛線帽，用一張煞是可愛的臉對著她。

「對不起，我沒看路！」夏玄允連忙賠不是，「妳還好吧？」

謝淳涵眨了眨眼，哇塞！這個男生兩邊嘴角都有酒窩，長得一臉細皮嫩肉，也太可愛了吧！長得好像二次元裡的萌樣高中生啦！

「沒事……啊……」謝淳涵這才意識到右腳拐了。

「腳扭到了嗎？」毛線男孩後面竄出另一顆頭，繞到她左邊主動扶起她，「先站好，看看能不能走。」

又一個！謝淳涵望著左邊的郭岳洋，雖然沒有右邊這個美形，但是也是受君的模樣啊，這是什麼世界，這兩個是COSER嗎？

「看吧，走路不看路！」後面傳來淡淡的聲音，「就顧著買……咦？謝淳涵？」

謝淳涵瞪圓雙眼，「老師！」

「老師？」夏玄允好奇的回頭，「你家教學生喔？」

「是啊，你幹嘛撞她啦？」毛穎德一把把夏玄允往旁邊扔開，主動上前攙扶謝淳涵，「撞得痛嗎？能走嗎？」

老師的朋友嗎？謝淳涵小嘴圓睜，她的家教老師是性格帥哥耶，一直是那種酷酷的類型，但笑起來時又很和煦，帥哥都跟帥哥當朋友嗎？

「我沒事，只是剛剛拐了一下！」謝淳涵趕緊站直身子，扭扭腳踝，「看，這樣就沒事了呢！」

「那就好！」毛穎德微笑著，「怎麼這時還在外面？我正要去妳家呢！」

「現在？」謝淳涵趕緊看錶，「厚，來得及啦老師不要嚇我，我正要去接妹妹，然後我們一起回去。」

嗯嗯，時間上的確是來得及，「妳別在意我，我只是跟同學一起出來買All Pass糖！」

「All Pass糖？」謝淳涵雙眼一亮，「我也有幫老師準備呢！老師那我也有嗎？」

毛穎德笑了起來，高舉手上的袋子，「有！」

「原來你的家教學生這麼可愛喔！」夏玄允突然從毛穎德身後竄出頭，「哈囉，妳好，我是毛老師的同學！」

「你……」謝淳涵心花怒放就要伸手，結果毛穎德反手罩住夏玄允的臉，往後推去。

「不需要自我介紹！」煩，跟他學生介紹什麼啊！

「呵……」她很想認識啊！謝淳涵留意到左邊一雙眼睛瞅著她，尷尬一笑，「欸，您也是老師的同學喔？看起來怎麼不太像……」

「我們都一副高中生的樣子！」郭岳洋笑瞇了眼，「我是郭岳洋，妳好。」

「您好。」

「就說不要介紹了！」毛穎德即刻拉過謝淳涵，「不是要接妹妹？在哪？」

夏玄允他們說太多話有危險的！

「呃，前面巷子裡的幼稚園！」謝淳涵一臉惋惜，帥哥多認識幾個沒關係啊，如果能讓她拍照的話……噢噢，那畫面就是一攻二受啦！超正的！

毛穎德看著謝淳涵那雙眼睛就知道她在想什麼，整間房間都貼滿海報，什麼腹黑攻跟傲嬌受，每張海報的男孩都一副嬌羞纖細的樣子，他看了就三條線……

因爲，怎麼跟他每天相處的室友一模一樣咧？

夏玄允跟郭岳洋會受歡迎是因爲這樣嗎？可愛的臉龐、迷人的微笑、長不大的容顏、天眞的氣息，加上萌態的眼神？

有沒有問題啊？都幾歲了！

「小靜沒回我耶！」夏玄允跟在後面走著碎碎唸，「都不知道她喜歡吃什麼糖！」

「她這幾天不是在練習嗎？你不要吵她！」郭岳洋義正詞嚴，「之前受傷讓她荒廢練習，她已經很惱了。」

他們在講的是另一位室友，馮千靜，合住者中唯一的女孩。

毛穎德默默看著自己提的袋子，裡面有買給馮千靜的糖，住在一起一陣子了怎麼會不知道她的口味呢！這種普通的糖果她不喜歡，所以他剛繞去買了苦甜巧克力跟杏酒巧克力，是她會喜歡的東西。

往前沒多久後向右彎進巷子裡，這巷子還不小，大概三十步之遙有間幼稚園，外頭幾乎已經沒有學生跟家長，只有一個老師伴著小女孩。

「姊姊！」女孩遠遠一看到謝淳涵彎進來，立刻大力招手，「老師再見！」

老師笑著揮手，女孩往前奔來，老師才轉身入內。

「不要用跑的！」謝淳涵喊著，自個兒倒是慢慢走。

毛穎德他們就站在巷口等，反正橫豎還是得出來，「你們可以走了吧？我等等要去家教啊！」

「陪你走過去又沒差！」夏玄允無所謂的聳聳肩。

眞是兩個閒傢伙！「這麼閒回去把社團打掃一下，昨天被弄得亂七八糟，新進社員一點規矩都沒有。」

「放心好了，規定很快就會出來！」郭岳洋肯定的說，身爲社團美術、總務、清潔兼工友，這點小事他已經思考到了。

毛穎德回頭看向謝淳涵，卻看見在她們兩姊妹中間的距離中，左邊有條巷子，不知何時橫出一個女孩，剎地就卡在小女生的面前。

「喂！」謝淳涵一瞧，緊張的大喊，「妳幹嘛!?」

她二話不說扔下書包，即刻朝著妹妹跑去！毛穎德這邊驚覺出事，把袋子扔給夏玄允要他拿好，也跟著衝上前去。

「我漂亮嗎？」攔路的大姊姊站在幼稚園小女生前，低垂著眸子問她。

「嗚……」小女生被嚇到了，不明所以，「不知道……」

「我漂亮嗎？」她低吼著，俯身逼近了小女生的臉。

「漂亮！」小女生隨意回答著，「漂亮……嗚……」

「是嗎？」女孩摘下了臉上的口罩，對著小女生咧嘴而笑，「那現在呢？」

幼稚園女娃兒瞪圓了雙眼，瞳仁裡映著駭人的裂嘴容貌，「哇啊啊——」

「小晴！」謝淳涵尖吼著，卻已經發現到不對勁——她跑不到妹妹身邊！

爲什麼？她跑了這麼久，爲什麼一點都沒有拉近與妹妹的距離？毛穎德也已經發現了這一點，聽見小女生的哭聲，驚覺不妙！

「姊姊！」小晴從旁邊繞了出來，直接朝著謝淳涵求救奔來，「姊姊」！刹！擋路的女孩倏地回首，讓所有人都看見那裂嘴的駭人容顏——裂嘴女！

「謝淳涵！快到妳妹妹身邊！」毛穎德大喊，他用了言靈！

電光石火間，謝淳涵赫見妹妹就在面前，她張開雙手一把抱住跌進懷裡的妹妹，而遠遠的那裂嘴女竟緩緩回身，下一秒就衝過來了！

「快走！」毛穎德拉起謝淳涵叫她往回跑，趁隙回首看向追來的裂嘴女，竟然轉眼間就快到他面前了！

是有沒有跑這麼快!?可是他剛剛已經運用了言靈，他有肉咖的言靈之力，說出來的話會成真，只是言靈二十四小時只能用一次，還只能用在日常生活的雞毛蒜事上！

剛剛已經讓謝淳涵接到妹妹了，現在這傢伙……毛穎德留意到奔來的女孩手上緊緊握著剪刀，不好的預感在腦海裡閃過。

「請妳吃糖！」重疊的歡呼聲突然從身後傳來，緊接著下起了糖果雨，「要ALL PASS喔！」

裂嘴女停下腳步。她仰首望著落下的糖果，下一秒居然立刻蹲下，瘋狂的撿起糖往嘴裡塞。毛穎德尚且丈二金剛摸不著頭腦，左右兩隻手臂被人一架，立刻轉過身往巷口拖去！

「等等！」毛穎德急忙嚷嚷，「不能就這樣走，至少要報警！」

「先溜吧大哥！」夏玄允沒好氣的說著，「裂嘴女跑多快你知道嗎？參加奧運一定世界冠軍的那種！」

謝淳涵緊抱著妹妹已經出了巷口，毛穎德被半拖著往巷口去，他不安的回首……卻只見到寂靜的巷子而已。

「停停！」他喊著，「人不見了！」

咦？聞言的兩個男孩也跟著回頭，果然瞧見空無一人的巷弄，但是他們倆臉上毫無懼色，對看一眼後立刻又朝巷子裡奔去，來到剛剛灑滿糖果雨的地方……

「不見了！糖果都拿光了！」夏玄允興奮的對著面前的郭岳洋喊著。

「糖果眞的有效！你有看見她拼命撿糖果的樣子嗎？」郭岳洋也欣喜若狂的大喊，「那個模樣你看見了嗎？」

「看見了！我興奮到發抖耶！」夏玄允呼天搶地，高興的在原地轉圈。

毛穎德呆站在原地，腦子裡只出現不好跟很糟這兩個詞。

「老師……」謝淳涵驚魂未定的探頭而出，大腿上抱著哭得泣不成聲的女孩，「剛剛那個、那個是裂嘴女嗎？」

「妳也知道裂嘴女？」毛穎德擰著眉，指向在巷子裡又叫又跳的兩個同學，「我看他們兩個的樣子，八九不離十。」

只見夏玄允跟郭岳洋相互擊掌，只差沒有放鞭炮了，「裂嘴女！喔耶！裂嘴女！」

眞的是裂嘴女！謝淳涵緊緊抱著妹妹直發抖，「不可能，那不是眞的吧，那不是只是都市傳說嗎？」

「對！就是都市傳說！」咻地，兩個二次元模樣的男孩突然塞到她眼前，「流傳在坊間的傳說怪談，沒有原因、不知道何時會出現，也沒有破解法的都市傳說！」

眼淚瞬間從謝淳涵眼裡飆出，「不！爲什麼會有這個!?」

「放心好了！」夏玄允用力握住她的手，「我們會試著幫妳的！」

懷裡的小妹妹不由得回首，看著聲音很大的兩個大哥哥。

「幫？」

「對，我是夏玄允，妳叫我夏天就可以了。」夏玄允雙眼熠熠有光，「這位是郭岳洋，我的國中麻吉，大學室友，我們都是『都市傳說社』的。」

「都市……傳說社？」謝淳涵不可思議，他們在說什麼？

「是的！沒有都市傳說難得倒我們，因為我們是——」夏玄允跟郭岳洋立刻比出了誇張的機動戰隊姿勢，「都市傳說收集者！」

唉，毛穎德撫著頭，剛剛下意識退後了十步，不想跟他們太近，周遭的人看著擺POSE幾霸昏的兩個男孩，噗哧的輕笑起來。

謝淳涵蹙起眉不明白這到底在幹嘛，而懷裡的妹妹嗚哇一聲哭得更悽慘，轉頭繼續埋進她大腿哭泣。

剛剛那個嘴巴裂開的姊姊，好可怕喔！

第二章 糖果的抵禦

裂嘴女，根據坊間傳說，獨自走夜路的孩子，會碰見一個戴著口罩的女人，女人會讓孩子停下腳步，問她「我漂亮嗎？」，如果孩子沒有回答的話，就會被裂嘴女用隨身攜帶的一把剪刀給殺害，如果孩子回答是，裂嘴女就會把口罩摘開，露出那無法合攏的嘴縫，並問「現在呢？」，如果孩子回答否，那就會被剪成兩半，如果孩子回答是，就會像她那樣剪開孩子的嘴。想從她手中逃脫是不可能的，因爲她很快就會再次出現在受害者面前。

這算是都市傳說裡的名人，只是從未想過眞的存在。

由於小晴遇到的事情讓家教時間取消，回家後謝淳涵父母堅持要報警並調閱巷口錄影帶，結果一如謝淳涵預料，錄影帶中只有妹妹，沒有那個擋路的女生。

她不敢跟爸媽提起都市傳說的事，很怕被爸媽斥爲無稽之談，但是她更恐懼於遇到裂嘴女的妹妹接下來會發生什麼事——蕭妤珊被剪開了嘴角，可是妹妹沒有，然後呢？

爲此，她再度找了家教老師出來，還有那兩個超萌但是怪異的男孩。

「就知道妳會找我們！」郭岳洋一坐下來，就遞上了一盒包裝精美的糖果禮盒。

謝淳涵有些錯愕，但還是說了謝謝。

「妹妹狀況怎樣？」毛穎德關心的問。

「不敢去學校，她嚇都嚇死了……那個女生我也看見，老師也看見了對吧？」謝淳涵心神不寧，「但是錄影帶中什麼都沒有，跟妤珊一樣、一模一樣……」

「妤珊？」夏玄允坐在她的左手邊位子，「妳妹妹不是叫小晴嗎？」

謝淳涵抿了抿唇，眉頭緊蹙、憂容滿面，「老師，那個女生眞的是……都市傳說的裂嘴女嗎？」

「是。」毛穎德都沒回答，一旁的夏玄允倒是回得乾脆，「連監視器都錄不下來，妳覺得那是人嗎？」

「其次，小晴說那個姊姊問她漂不漂亮，回答後才把口罩拿下來，光是那副模樣，就可以確定是裂嘴女了。」右手邊的郭岳洋立刻補充。

「我沒想過這個有名的都市傳說眞的會出現……但看情況那就是裂嘴女。」毛穎德其實非常不願意承認。

因爲只要扯到都市傳說，他室友們就會異常興奮。

他跟夏玄允是從小一起長大的，感情自然沒話說，但個性倒是天差地別，大家都叫夏玄允爲夏天，意指他總是跟夏天陽光一般燦爛，夏天對靈異與都市傳說有異常濃厚的興趣，偏偏他的國中同學郭岳洋與他臭味相投。

國中時是好麻吉，到了大學考上同一所學校，夏天甚至成立了都市傳說社團，專門找都市傳說。

成立短短日子以來，他們已經遭遇過好幾個都市傳說了，每個都令他不願回憶，也好幾個讓郭岳洋跟夏天差點喪命，但有人就是不怕痛不怕死的，明知山有虎，偏向虎山行！

「既然有名當然會出現啊，以前就聽說過了，只是從沒出現在我們這一帶！」瞧，夏天口吻都高昂起來了，「能跟最有名的裂嘴女照面，天哪……我想到就興奮極了！」

「這有什麼好興奮的？那不是很可怕嗎？」謝淳涵不明所以，「那個裂嘴女這樣任意傷人，連我同學都慘遭毒手！」

叮！關鍵字二度出現，左右護法立刻回頭盯著她，「妳同學？」

謝淳涵一咬唇，痛苦的唉了聲，「我同學蕭妤珊，一個多月前在公車上遇見了！」

謝淳涵將她所知所聞全說出來，那是個「公車隨機傷人」演變到「女學生恐精神分裂自殘」的新聞，早已被人淡忘。

「好模糊，我只記得那個高中女生可能是自己毀容。」郭岳洋正努力回想。

「那是因為狀況跟小晴一樣，公車上的監視器照不到那個女生！」謝淳涵說得極其小聲，這是公眾場合，多怕被別人誤會，「誰沒事會去剪自己嘴角啊！你們不知道，她兩邊臉頰都……」

話及此，謝淳涵摀著雙邊嘴角的手抖個不停，眼淚啪噠啪噠的往下掉。

「妳同學已經遇到了？」毛穎德顯得不可思議，「一個月前……」

「她回答了什麼？」夏天湊前急切的問著，「跟她講了漂亮嗎？」

謝淳涵點了點頭，的確是這樣，「口罩拿下來前後，她都是這樣回答裂嘴女的！」

郭岳洋跟著彈指，目光灼灼的看向夏天，「這就對了，因為覺得漂亮，所以裂嘴女就要把對方變成跟自己一樣！」

「如果說不正呢，」毛穎德搖了搖頭，「就會把對方剪成兩半。」

謝淳涵覺得背脊發涼，「那、那如果什麼都不說，逃走了呢？」

夏天面露難色，很為難的看著謝淳涵，「傳說中，裂嘴女會殺了對方。」

「什麼!?」謝淳涵倒抽一口氣，差點沒暈過去，「那小晴……不不，她逃走了，裂嘴女真的會緊追不捨嗎？她又不知道我們住哪裡……」

她慌亂的看著眼前三個男孩，試圖得到一絲慰藉與支持，但是每個人卻都嚴肅的皺眉，朝她搖了搖頭。

那是都市傳說啊！不屬於人不屬於鬼魅的一種特殊世界！如果傳說中裂嘴女勢必會找到逃亡者加以殺害，那她就是做得到啊！

天哪！謝淳涵明白了大家的意思，難受的掩面哭了起來！

「謝淳涵、謝淳涵妳等等！」毛穎德趕緊趨前，握住正前方的細腕，「妳不要急，裂嘴女有破解法的，妳記得吧？那天的糖果雨？」

淚眼從指縫中往外看，「糖果……不見。」

「對，裂嘴女喜歡糖，糖會讓她停止作爲，消失離開。」夏玄允趕緊說著，

「還有她討厭髮膠，髮膠也可以擊退她。」

「髮膠……好像傳說她是因爲整型醫生抹了難聞髮膠才導致手術刀割開她嘴角的。」謝淳涵也去找了一些裂嘴女的資料。

「嗯，傳說是這樣，因爲裂嘴女很有名也流傳很久，所以這資料有參考價值。」郭岳洋不知何時已經拿出筆記本了，「妳跟妹妹隨身都攜帶髮膠跟糖果，如果妳遇到裂嘴女，盡可能不要眼神交會，也不要回答她。」

「蕭妤珊說……她會攔著我們，一定逼我們講。」謝淳涵嚥了口口水，「要不然那天她也不想說的。」

「裂嘴女是最無邏輯的都市傳說了，也是很凶殘的，一定要小心……」夏玄允突然祭出甜甜笑渦，「我還想請問，妳那個同學……」

就知道！毛穎德沒好氣的瞪著他，桌底下的腳踹了他一下，不要爲了鑽研都市傳說就瘋狂了。

「好珊失蹤了。」謝淳涵彷彿知道他們想問什麼，「蕭媽媽急死了，大家現在都很怕她自殺，但是她就這樣失蹤，我們已經找了兩星期都不見人……裂嘴女她會不會——」

「裂嘴女不會回頭找已經處理過的人。」夏玄允立刻搖首，「她已經把妳同學變得跟她一樣漂亮了，已經結束了。」

「卻毀了好珊，天哪！她會對我妹怎麼樣!?」謝淳涵想到就恐懼難受，「小晴才六歲！」

「裂嘴女一開始就是針對小孩子的。」郭岳洋喃喃說著，「第一個居然會是高中生，這我倒挺意外的。」

咦？謝淳涵詫異的看著他，這傳說一開始是只針對小孩子？那這樣不是表示小晴更加凶多吉少!?

「爲什麼是小晴？爲什麼會、會我身邊認識的人都這樣？」謝淳涵難以承受，「那個裂嘴女是針對誰啊!?」

「她沒有針對性的。」夏天回答得很緩慢，因爲剛剛謝淳涵的一句話讓他分了神。

她身邊認識的人已經兩個了?這是巧合嗎?如果裂嘴女針對謝淳涵，應該直接攔她吧?

「好了，妳不要想太多，我們現在能做的是保護妳妹妹不要落單，第二是糖果跟髮膠。」毛穎德制止同學再說下去，這兩個現在根本只想見裂嘴女一面。

「那天糖果有效，我怕孩子不懂得怎麼使用髮膠，糖果多帶點!」

謝淳涵默默點頭，就算都市傳說很玄，但她卻不得不信。

「我得走了，不能太晚回去。」謝淳涵打算從書包拿錢包出來，卻被毛穎德阻止，請學生一杯奶茶沒什麼，「謝謝老師。」

「振作點。」毛穎德也起身，送她往咖啡廳外走，「眞的遇上時千萬不要猶豫，不管噴髮膠還是糖果，分秒必爭。」

「我懂。」謝淳涵頷首，簡單兩個字聲線卻是顫抖的。

送謝淳涵出去後，毛穎德再度踅回咖啡桌邊，用不悅的眼神瞟向兩個室友，「我說你們啊……」

「裂嘴女耶！」夏玄允興奮得都情緒高昂，「我的天哪！想都沒想過眞的會出現。」

「不要出現比較好吧？」毛穎德皺眉，「凶殘又毫無邏輯，沒聽見謝淳涵說？她同學嘴角都被剪開了。」

「這才是都市傳說啊！」郭岳洋還說得一臉理所當然，「不過找高中生這點很奇怪……原來都市傳說也會跟著改變啊。」

「我們這裡從未聽過裂嘴女出沒，現在突然出現讓我覺得很詭異。」毛穎德向來是理智派，「你們想，一個人的捉迷藏會出事，是有人白痴去玩；紅衣小女孩呢由來已久；樓下的男人也找得到起因；上次那個第十三個書架……也跟人有關，所以裂嘴女——」

「一定也有什麼吸引她出現嗎？」郭岳洋啊了一聲，立刻寫下關鍵字：動機。

「傳聞全盛時期，每天都有人看見哩！」夏玄允回憶著他看過的都市傳說紀錄，「那時可嚇死一堆媽媽們了！」

「這種凶殘本來就不對，你們自己說，小晴才六歲，六歲的幼稚園女生能做什麼事？爲什麼要這樣傷人？」毛穎德滿腹不爽，「再說了，遇上她，根本是不管怎麼回答都會出事吧！」

漂亮，被剪開嘴角；不漂亮，被剪成了半；逃走就追殺到天涯海角!?

「裂嘴女就是這樣，所以才沒有徹底的破解法。」夏天邊說，邊壓動食指做了一個壓髮膠的動作，「只有她怕髮膠，喜歡糖果……後者我們證實了。」

「我記得只針對女生對吧？」毛穎德喃喃說著。

「嗯。」夏玄允雙眼發亮，「所以在危險性降低的前提下，我們不就更可以去探索這個名人了？」

「可是……」郭岳洋歪著頭，「她這次改變了，針對高中生了喔！會不會有別的變化呢？」

「不要鬧了。」毛穎德往玻璃窗外望去，「少惹麻煩，馮千靜最近都在練習，可沒時間保護你們。」

夏玄允跟郭岳洋聞言默默撇嘴，是說每次撞上都市傳說，危險之際，好像眞的是唯一個女生救他們的。

窗外來來往往都是瑟縮的人們，天氣很冷，每個人都是毛帽圍巾的配備，路過十有六人都戴著口罩，在大眾運輸工具裡，爲了怕感冒，幾乎整個車廂的人都戴著口罩。

這樣的情況，誰會知道哪個是裂嘴女？站在你身邊的？坐在你旁邊的？甚至是站在你面前的那個？

天哪！這樣一來，搞得他都覺得路上戴口罩的女生都很可疑了。

「跟馮千靜說一下吧。」毛穎德拿出手機，「她今天不是要回來，萬一遇到了就不好了。」

夏玄允一怔，忍不住用眼尾瞟向郭岳洋，如果馮千靜遇到裂嘴女的話，他們怎麼樣都覺得「不好」的那方可能不會是小靜。

「學校在山上耶，小靜坐輕軌的話是直接坐到學校那站吧！」郭岳洋提醒著，「裂嘴女不是都在山下這一帶嗎？」

「誰知道。」毛穎德依然傳著LINE，提醒室友，她是危險族群。

「啊！」夏玄允突然有點惋惜，「剛剛忘記問謝淳涵，她同學有沒有看到裂嘴女的模樣、外型或是衣著等等。」

「再問她就好了。」毛穎德放下手機，端起咖啡，「現在她只要專心照顧妹妹就行了。」

幽幽往窗外望去，一個髮長及肩、寒冬中穿著單薄黑色大衣、戴著口罩的女孩就站在那兒，注視著他們幾秒，又轉身離開。

小晴坐在教室裡，不安的望著牆上的時鐘，同學都已經離開，老師要她乖乖待著，姊姊今天會到教室來接她，不必到外面去等。

她覺得好恐怖喔，那天那個姊姊的臉好可怕，嘴巴兩邊都有線，張開嘴巴時，有一張好大好嚇人的大嘴巴。

「小晴！」王慈薇在門口探頭進來，「要乖乖待著，千萬不可以跑出去喔！」

「嗯！知道！」小晴用力點頭。

「姊姊比較晚放學，妳等一下下……」王慈薇輕咳了幾聲，她戴著口罩，不想傳染給孩子們，「要不要吃餅乾？老師拿給妳吃？」

「嗯！」小晴勉強擠出微笑，老師叫她待會兒，轉身去辦公室拿餅乾。

她抱著小書包，姊姊還要坐電車過來，她覺得已經等好久好久了，但是不能急，因爲自己一個人出去的話，會遇到那個可怕的姊姊。

她長得那麼可怕，爲什麼要問她：她漂亮嗎？

明明就很嚇人啊！她繼續在紙上畫圖，粉蠟筆一支接著一支塗塗抹抹，後門突然站了一個人。

她抬起頭，看見披著黑色外套的老師站在外面，她好像沒看過那個老師，但是這個老師也戴著口罩，緩緩的走進來。

下意識回頭往前門望去，王老師不是說要拿餅乾嗎？好慢喔！

「我在等姊姊。」她用童稚的聲音說。

老師慢慢走了進來，小晴瞥了一眼，留意到老師的腳好髒喔，居然都是泥土還沒有穿鞋子！「老師，妳的腳髒髒，要洗乾淨才可以踏上來啊！」

她噘起嘴當起糾察隊，老師說過教室裡要保持整潔，所以他們才要脫鞋走上來啊！

老師只是歪了頭沒有言語，走到她身邊，看著她正在畫的圖，圖畫裡是個長髮及肩的女孩，頭髮有些紊亂，細長的眉毛與細小的雙眼，小晴在瞳孔的地方畫了兩個圈，內金外紅，很奇怪的眼睛顏色。

女孩抿著嘴，看起來不苟言笑。

「這是誰？」老師輕聲問著。

「那天看到的大姊姊。」小晴邊說，邊拿起棕色的蠟筆，「很可怕的大姊姊喔！」

「是嗎？」老師蹲了下來，小晴跟著蹙眉。「她漂亮嗎？」

小晴皺著眉轉向老師，小鼻頭嗅了嗅，「老師妳臭臭的！」

「她漂亮嗎？」老師指著圖畫紙問。

「哪裡漂亮！」小晴捏著手裡的粉蠟筆，就著左右兩邊嘴角，畫出了一條延伸的線，「她嘴巴都裂開了，好可怕！好像鬼一樣！」

老師倏地抓起了小晴畫圖的手，蠟筆在紙張上畫出長長的一條紋路，小晴嚇一大跳，突然被拉近身前。

「所以不漂亮嗎？」她望著小晴，用另一隻手把口罩摘了下來。

比畫裡還要猙獰的表情，比畫裡裂開更甚的嘴角，裂嘴女用那血盆大口逼近小晴，聲音在喉間轉悠著，「我很醜嗎？」

「哇哇哇——」小晴嚇得大哭起來，是那個大姐姐，「老師！老師！」

她掙扎著從口袋裡抓出一把糖果，直接朝著裂嘴女臉上丟去，結果裂嘴女完全無動於衷！她將小晴往地上壓去，從桌上的筆筒裡抽起孩子們的安全剪刀，唰啦地打開刀刃。

「妳居然敢說我很醜——」裂嘴女咆哮著，張大著嘴只是讓小晴更為驚嚇。

「呀——」她手腳並踢，裂嘴女高舉著剪刀使勁就往她頸間刺了進去。「呃！」

一刀一刀，兒童安全剪刀既不銳利，刀刃又小，但是這些對她來說都不成問

題，她的力氣很大，可以一吋一吋剪開這個小女孩的脖子、聲帶、氣管跟血管，從右邊剪到左邊喔……喀嚓喀嚓，皮膚很難剪、血管也好難剪。

但是只要用力，就可以全部剪開……看，這樣用力一壓，皮膚就裂開了喔！嘻！

小晴仰躺在地上，瞪圓著雙眼，早已無法動彈，她聽見剪刀的聲音在耳邊響著，好痛……剛剛還好痛，但是現在漸漸不那麼疼了，姊姊怎麼還沒來？

小晴在等姊姊，小晴有丟糖果喔，可是……可是……

「小晴？」

謝淳涵疾步的往教室這邊走，說好在教室等她來接的。

「小晴，出來吃巧克力喔！」今天同學一起陪謝淳涵來，林平悅在後頭吆喝著。

警衛正在巡邏，陪著他們一起進來，「前面那個就是小晴的教室了！她很乖呢，待在教室等妳來。」

「謝謝！」謝淳涵心跳得好快，平常只要一喊小晴就會跑出來了，她剛剛到現在喊了好幾聲，可是小晴卻連回應一聲也沒有。

快逼進教室門口時，左手邊走來一個戴著口罩的女人，嚇得謝淳涵一行人全數止步，女人拿著幾片餅乾留意到他們，笑了起來。

「小晴的姊姊！妳總算來了，我正要拿餅乾去給小晴吃呢！」

是人！謝淳涵這才鬆口氣，「是王老師嗎？」

「是啊。」王慈薇有點狐疑。

「靠！嚇死我了！」成太嚷嚷，「沒事戴什麼口罩啊！」

「呃……」王慈薇不免錯愕，「因爲我感冒，所以……咦？」

她這麼說時，眼神卻看向正前方，大家不約而同一起向右邊看去，只看到一個殘影，好像有個人向右拐去了。

「奇怪……那誰？」王慈薇很明顯的狐疑。

林平悅定神一瞧，忍不住拉拉謝淳涵，「妳看那個人好像沒穿鞋子耶！」

她們只看到對方最後一隻腳往右拐去，但是那隻腳全沾泥濘還沒穿鞋，行跡怪異……怪異——

「啊！」謝淳涵跳了起來，二話不說立刻朝教室奔去！「小晴！」

從前門衝入，她什麼都沒瞧見，慌亂的脫下鞋子踩上巧拼，卻看見妹妹的一雙腳躺在地上，頭向著書架前的角落。

不會的不會的，小晴只是等得睡著而已，一定只是在睡覺而已，她不要想太多……一整片的血窪漫在地上與巧拼間，小晴就躺在自己的血泊中，瞪大的雙眼望著天花板，一動也不動。

她的喉部整個被剪開，裂口在外顯而易見，血正從傷口湧出，也已經湧盡。

她的身上擺放了一把鮮血淋漓的剪刀，小小的兒童安全剪刀，應該是來自於桌上那翻倒的筆筒裡的。

「怎麼會——天哪！」林平悅第二個衝進來，掩嘴尖叫，「小晴！」

「怎麼……靠！」成太也傻了，「報警！快點報警！」

起子戰戰兢兢繞到另一邊，走到小桌子前，看著那張未竟的圖畫，蠟筆的筆觸是幼童的畫技，即使不美，但是也看得出她畫的是誰。

緊抿著唇兩旁嘴角都畫上了深紅色的裂痕，右邊那一道甚至長得突出了臉、來到了畫紙的邊緣、畫到了藍色的桌上。

「剛剛不是有人影嗎？王老師！妳看見了對吧？」起子立刻看向後門，下一秒追了出去。

「起子！不要去！」林平悅大喊著，成太也衝上去攔住他。

王慈薇跪了下來，驚嚇到幾乎無法言語。

裂嘴女要是人人都可以追上，那她還能是都市傳說嗎！

謝淳涵淚如雨下，她無力的跪坐在地，看著死不瞑目的妹妹，她才六歲啊，只有六歲的女孩，爲什麼會遭到這麼殘忍的對待！

膝蓋一陣疼痛，她壓到了滿地的糖果……小晴乖，妳有灑糖果了嗎？謝淳涵緊緊握著帶血的糖果，痛苦的包握在掌心裡。

妳做得很好喔，妳沒做錯，錯的是毛老師！

老師不是說糖果有用的嗎？如果眞的有用，爲什麼這裡糖果會浸在小晴的血裡，爲什麼她的喉嚨會被一刀刀的剪開裸露在外？

爲什麼要找她妹妹啊？

「啊啊……啊啊啊——」

第三章
空盪的月台

小晴死了。

頸子正面都是不規則的傷口，法醫說幸好第一刀就刺斷了頸動脈，血流得很快，小晴極迅速的失去知覺，才沒有飽受那種殘忍的痛楚；因爲凶手使用的是安全剪刀，所以小晴的頸子皮膚上都是一小段一小段的傷口，如果她意識清醒，會被那種痛楚折磨死。

凶手的力氣很大，剪開喉管、剪開聲帶、剪開飽富彈性的血管，如果時間夠，說不定她會再往肌肉群剪下去。

洗乾淨的小晴依然如生前般可愛，不一樣的是她的頸子開了個口，可以清楚的看到鋸齒般的連續傷口，實在難以想像有人會如此殘忍，對六歲的女孩下此毒手。

但對象是裂嘴女，就似乎沒有不可能的事了。

警方到現場後進行了蒐證，採集到巧拼上的泥濘，希望能是關鍵性的證據。

毛穎德焦急的在醫院裡繞著，夏玄允與郭岳洋緊跟在後，一收到簡訊他們就急忙衝出來，完全沒有想到小晴竟然會死在教室裡！

「謝淳涵！」毛穎德來到長廊，看見幾個學生站在那兒。

他們紛紛回首，悄悄退後，謝淳涵臉色蒼白的坐在椅子上，她渾身上下都是小晴的血，救護車抵達時看見她緊緊抱著小晴，死也不放手，不停的低喃，「都是我的錯。」

「天哪……謝淳涵！」毛穎德趕緊蹲到她面前，「怎麼會……怎麼會這樣？」

謝淳涵忽地揚睫，看著毛穎德的雙眼變得凌厲。

「都是你——」下一秒，謝淳涵忽地掐緊毛穎德的T恤，直接把他往後推，「都是你！什麼糖果有用，小晴灑了還是被殺了！」

「毛毛！」夏玄允緊張的想上前，卻被毛穎德示意退後。

他被壓上另一邊的牆，現在揪著他衣領的學生正在盛怒之中，「我如果不聽你們的鬼話，讓警察去保護她……不對，不應該讓她回學校的，我可以……」

「妳可以做什麼？」毛穎德皺著眉看著淚流不止的學生。

「我……我不知道！」謝淳涵尖喊起來，「但至少不該對你的話信以爲眞！錯失了可能可以救小晴的機會！」

她哭著緩蹲下去，林平悅立刻上前安撫，他們大致知道了她的家教老師跟他們說的事，關於糖果與髮膠。

「糖果沒效嗎？」郭岳洋顯得很詫異，「不可能啊！昨天下午明明……」

「閉嘴！不要再講了！」謝淳涵忽地又咆哮起來！

謝淳涵痛哭流涕的縮回林平悅懷裡，「都是我不好，我不該信你們的，我可以找更好的方法，如果不信你們，我就會去找……」

林平悅蹙眉，她偷偷望向毛穎德，搖了搖頭；成太跟起子也不敢多說話，謝淳涵現在在悲傷之中，情緒難免失控，大家都知道，如果眞的是裂嘴女的話，糖果跟髮膠本就是傳說中的對付方法，家教老師一點都沒錯。

而且如果眞的是裂嘴女的話，誰都沒辦法啊！

毛穎德沒有再上前，他明白謝淳涵此時情緒必須找發洩出口，他就是那個出口，畢竟是他提議對付招數的。

只是他連想都沒想過，這些招數會沒有效果。

數分鐘後，警察過來請謝淳涵去做筆錄，章警官也在裡面，他似乎負責了相關裂嘴女的案件，一看到夏玄允，直覺的又皺眉。

「又是你們！」他把他們三個叫到角落，嚴肅的問，「這次是裂嘴女？」

「是。」夏玄允說得自信滿滿，「已經越來越確定了。」

唉，章警官看見他們就頭痛，因爲最近有許多玄異的案子都跟他們有關係，夏玄允成立的那個「都市傳說社團」，簡直是災難召喚社，什麼光怪陸離的事都會發生，還全都跟都市傳說有關，而且許多事根本無法用科學或理智去說明。

但也因為這幾個學生，他們破了懸案、還找到了失蹤多年的含冤未雪的屍體，所以他便睜一隻眼閉一隻眼，不會太為難這幾個「都市傳說狂熱者」。

「為什麼殺小女孩？」章警官開門見山。

「她可能回答不漂亮。」夏玄允小聲的說，「裂嘴女問妳時，如果妳說不漂亮，就可能會被殺死。」

「謝淳涵指控說你們給了錯誤訊息，糖果是無效的。」他深吸了一口氣，「如果讓小晴帶髮膠，說不定能逃過一劫。」

「她有帶，但是沒拿出來，可是糖果昨天下午時相當有效的！」郭岳洋趕緊抱不平，「我們都親眼看見的，裂嘴女好愛好愛那些糖！」

「但是現在裡面躺了一具六歲女孩的屍體，」章警官往喉間一比劃，「被一刀刀剪開頸子，事實已經證明……」

「不對！」夏玄允突地打斷章警官的話語，「跟糖果跟髮膠都沒有關係……今天不管用什麼都沒有用。」

「夏天？」毛穎德蹙眉，這是唯一能找得到的對付裂嘴女的方式啊，怎麼會沒效？

「因為她逃走了。」夏天一字一字的說著，漸而明亮的眼神看向大家，「懂嗎？昨天小晴在她面前逃走了，她是逃脫者，跟回答什麼答案絲毫沒有關係！」

逃脫者……郭岳洋恍然大悟！

「不，我們灑了糖果，所以她走了。」毛穎德搖搖頭，「不記得嗎？裂嘴女自己選擇糖果，那小晴就不算逃亡者！」

「小晴先逃，我們才灑糖果的！」郭岳洋扳過了毛穎德，「毛毛，你仔細想，小晴是先撲進謝淳涵懷裡，她們姊妹倆一路奔向巷口，我跟夏天帶著糖果衝向你的啊！」

換句話說，糖果是他們灑的，裂嘴女那時面對著或許是夏玄允、或許是郭岳洋，也或許是毛穎德，但是她選擇了糖果而放棄剪開他們三個——只限他們三個。

因爲小晴，已經逃走了。

沒有人能從裂嘴女手中逃脫，無論如何，她都會再度出現在妳面前。

毛穎德只覺得更難受，他擰著眉靠向牆，自責不已，「我們應該告訴他們，不要讓小晴落單的。」

「我們一直是這樣講的。」夏玄允義正詞嚴，「但是我們沒有想到裂嘴女會堂而皇之的進入幼稚園、進入教室。」

傳說中，裂嘴女都是在夜路上攔著回家的孩子，是在路上啊！什麼時候聽過登堂而入室的？

「唉！你們三個都跟我回警局吧，把事情詳細的再說一次給我聽！」章警官索性提出了要求，「怎麼感覺你們三個出現就沒好事啊！」

唔，夏玄允揪著眉頭，這是誤會吧？這一次又不是他們去找什麼麻煩！明明是都市傳說找上了別人嘛！

「這次不只一個人看見，凶手行凶後從後門走出去時，那群學生都看見了，還有人去追！」章警官旋身往外走且低聲說著，「但是拐個彎就不見人影了。」

「追上去喔！」郭岳洋由衷很佩服，「好厲害喔！」

不會啊，毛穎德暗自在心中嘀咕，這兩個人正面看見裂嘴女也都會立刻衝上去還要簽名照咧！

醫院門口站了一大票人，員警看見章警官上前後，便說要分批將大家載回警局，王慈薇哭得泣不成聲，不停的向小晴父母道歉，但是都沒有得到回應，一旁的中年男人緊皺著眉，緊握著圍巾不知如何是好。

「那個是？」毛穎德指向了中年男子。

「陳警衛，就是他去追裂嘴女的。」章警官搖了搖頭，「家屬現在覺得大家都對不起他們，那個老師不管怎麼道歉他們都認爲她怠忽職守。」

「太扯了，這不是她的錯吧！」郭岳洋難得說重話，「她也只是去拿餅乾要給小晴吃而已……」

「哎唷，這種時候家屬怎麼聽得進去！小晴死亡時教室就是沒有老師，他們現在只看見屍體而已，而且全世界都有錯！我看警衛也難辭其疚、學校也會有事，防備不力，才讓歹徒有機可乘！」夏玄允輕鬆的說著這些即將發生的事實，「心理的壓力過去就好了，我想等監視器調閱出來，應該也是什麼都沒看到吧！」

「能相信的，似乎只有人類的眼睛了。」章警官幽幽說著，然後轉頭看向了夏玄允。

嗯？夏玄允轉著眼珠子，警察大人幹嘛醬子看他啦，他沒有犯錯喔！章警官只是淺笑正首，大步往謝淳涵的家人走去，請他們上車，幼稚園老師跟警衛一下子就被拋在後面。

啊！夏玄允雙眼一亮，背後的毛穎德輕推，還不快去！章警官在給他們「聊天」的機會咧！

「您好。」打招呼派夏玄允出馬就對了，用那種可愛無敵的臉龐欺騙世人，「發生這種事眞不幸。」

「啊……」王慈薇有些錯愕，「您、您好！」

「我是小晴姊姊的家教老師。」毛穎德順勢補上一句，讓老師放心，「我們知道這不是你們的錯。」

王慈薇仰首看著毛穎德，鼻子一酸就低下頭，「我不應該去拿餅乾的，我只是想說小晴等這麼久……」

郭岳洋立刻遞上面紙，他永遠是細心的那位，「早知道的事太多了，您也是因爲疼愛小晴才會這麼做，我相信她也餓了，所以想吃點心對吧？」

王慈薇淚眼汪汪的看向郭岳洋，聽見深得她心的鼓勵，只是更加難受，但也多了一絲溫暖。

「聽說你們有看見另一個人從教室走出去嗎？」夏玄允禮貌的對著警衛，「好勇敢，你就這樣追上去！」

「沒想這麼多！我是聽見有個高中男生在喊別跑、抓凶手，我人正好在旁邊的教室，就追出去了。」陳警衛嘆口氣，「我明明就要追上了，結果她一左轉到洗手間那區，就完全不見人影了。」

「會不會躲在洗手間裡呢？」

「我跟那個高中生一間間看了，沒有，而且……照理說不可能啊！」警衛伸長手比著距離，「你知道那個女的就在我兩隻手臂的距離長，轉彎後洗手間還有段小距離，那高中生跑得很快，那女的不可能跑這麼快啊……」

那可不一定，對方可是裂嘴女耶，認眞跑起來可是驚人啊！

「記得那女人的樣子嗎？」毛穎德問著重點，「身高、衣服……頭髮……」

「啊啊，頭髮超過肩頭一點點，是直髮但是很亂，人很瘦，並不矮，看起來比王老師還高！」警衛看向了王慈薇，約略比了個高度，「衣服穿得很薄，感覺只有一件普通的洋裝套上黑色的外套。」

「咦？」王慈薇愕然抬首，「紅色的吧？」

「黑色的吧？」警衛皺眉，「披在身上那種薄外套，外套長到腿間啊！」

「可是……」王慈薇顯得很困惑，「我怎麼記得是紅色的？」

一個凶手，兩種外套嗎？

這倒是令人意外的發展啊，郭岳洋再度溫聲開口，「老師，除了妳之外，還有誰看見那個女生是穿紅外套？」

「還有……」王慈薇想要說出個名字，卻發現自己說不出來，「那個時候只有我看見而已，我不確定那些高中生有沒有人瞧見，但他們轉過去時對方已經又轉彎了……可能要問問他們。」

「所以您很肯定紅色外套，但警衛先生確定是黑色。」毛穎德重複著，這一點都不是好現象。

「我……」王慈薇抿了抿唇，「其實也沒那麼確定！那時很混亂，我也只是一瞥，那樣子不像是我認識的同事，所以我……」

她緊鎖眉心，隻手往額前撫去，這件事帶給她的打擊與傷感都太重，不管是生理或是心理都應該處於混亂時期。

「我肯定啊，是黑色的！我就追在她身後耶！」警衛倒是斬釘截鐵，「問問那個高中生，叫什麼起子的！」

一個黑色一個紅色，到底是所見的人不同還是……夏玄允不由得看向同學們，總不會裂嘴女有兩個吧？

章警官看他們聊得差不多了，吆喝著王慈薇跟警衛上前，三大學生又湊在一起。

「不太可能，老師自己都說不確定了，我覺得現在還很混亂，等等找機會問那個叫起子的。」毛穎德提出中肯意見，「也有可能身上沾了血，所以老師印象只剩紅。」

「這是最有可能的了，不過話說回來……」郭岳洋親切提醒，「傳聞中沒有說裂嘴女穿什麼樣喔！」

「因爲她的標誌在嘴，誰會去留意穿什麼對吧！」夏玄允沉思著，「不過我也記得裂嘴女應該是長髮啊，只到肩頭……」

毛穎德手機響起，拿起來瞥了眼，無奈的推著兩個同學往前，「我們快去警局速戰速決，馮千靜忘了帶鑰匙，等等要去輕軌站接她。」

「她一定是太忙太累了才會忘記帶。」郭岳洋言語間都是心疼，「爲了這種比賽她眞的好辛苦！」

「那還是不要讓小靜知道裂嘴女的事好了。」夏玄允也是有貼心的時候，「不然她又嫌煩，準備比賽應該要專心對吧？」

「同意。」毛穎德嘴上這樣說，但心裡很懷疑……依照夏天跟郭岳洋這種熱情投入的方式，眞的能瞞得過嗎？

一個高中女生被剪開兩邊嘴角、一個幼稚園小女孩被剪開頸子，裂嘴女的模樣已經不只一個人看見了，駭人的傳聞只會倍速傳開，他從不知道裂嘴女出現的原因、也不明白她這樣做是爲什麼。

他只知道，如果她繼續存在，出事的人只會越來越多啊……

冷死了！

馮千靜雙手插在羽絨外套裡，在輕軌站月台來回蹬步，跟毛穎德他們約好到這裡接她，她兩腿疲得要死，實在沒有氣力再爬上山。

她只想回去洗個熱水澡，好好睡一覺，明天開始又是上學日。

她頂著一頭蓬鬆的獅子亂髮，戴著一副寬大的黑框眼鏡，身上穿著全是不符尺寸的寬鬆衣服，這些都是爲了掩飾她其實姣好的臉龐、健美的身材，以及除了大學生另外一個身分——女子格鬥競技者。

如果有留意這部分運動的人很容易會認出她以「小靜」爲名的姿態，但她也是大學生，就只好努力的隱藏；弄蓬頭髮、越亂越好，穿著寬鬆邋遢這樣根本沒有人會留意她，五官只要戴上眼鏡就可改變，更別說像這麼冷的天，還可以戴個口罩掩飾。

「哈啾！」她打了個噴嚏，趕緊把口罩壓得更緊，這種時候千萬不能著涼啊！她下個星期可是有場煩人的友誼賽！

手機傳來震動，毛穎德他們快到輕軌站了。

呼！終於來了！她趕緊往樓梯的方向走去，時間已晚，月台上幾乎已經沒人，就只有前方一點鐘方向坐著等人的女生……她穿得有夠少，眞佩服耐冷的人。

當她掠過女子身邊前，女子突然站了起來。

「我漂亮嗎？」她口罩下發出細微的聲音。

馮千靜被迫止步，因爲那女人從她右手邊來差點撞上她，揚睫瞥了她一眼，「借過。」

會不會走路啊!?路這麼大也能擋到她？馮千靜向左一拐，繞過了女子。

「我漂亮嗎？」她大退一步，沒有要放過馮千靜的樣子。

「啥？」她總算聽見了，「妳在問我嗎？」

「我漂亮嗎？」女人定定的望著她。

馮千靜皺眉，打量著那女生的全身上下，「那妳覺得我漂亮嗎？」

女人一怔，眼神呈現一種困惑。

「妳遮成這樣我怎麼看得出來！就像妳一定也看不出來我長得如何是一樣的道理吧！」她挑了眉，「被男友甩了嗎？在這裡等他？有骨氣點好嗎！分手了就回家哭個幾天再出來，世界上不是非他不行的！」

馮千靜伸手，拍拍女子的肩頭。

「我漂亮嗎？」女子又重複問。

「重要嗎？妳就算再漂亮人家不愛妳也一樣啊！去找下一個覺得妳可愛的人吧！」馮千靜敷衍一笑，「好了，借過，有人在等我。」

「等妳……」女人低垂著頭，竟眞的往後退了一步。

此時，三個大男生正從樓下奔上，他們爲買宵夜遲了些，趕緊先上來賠不是，只是爲首的毛穎德還沒完全走上二樓，就看見了那背對著他——單薄、髮長及肩、黑色外套的身影。

「馮千靜！」他有點緊張的喊著。

「很慢耶你們！」她自然的走來，「我累死了！」

月台上的女孩幽幽的回首，凝視著馮千靜的背影，那眼神看起來眞令人不舒服！毛穎德擋住她欲下樓的身體，悄聲的問，「那女生剛跟妳說話？」

「她？」馮千靜還回頭再看她一眼，「對啊，失戀的樣子，怪怪的。」

郭岳洋緊緊握住夏天的外套搖著，瞧見沒？那個模樣、穿得這麼少……而且她沒有穿鞋子啊！

「快走！」毛穎德立刻回首叫人離開，「她跟妳說什麼了嗎？」

「嗯？幹嘛這麼緊張？就只是問我她漂亮嗎？」馮千靜覺得他們好像有些緊繃，「怎麼了嗎？」

天哪！竟在車站找獵物嗎？毛穎德緊張的拉過了她，一路往一樓奔，「妳怎麼回答的？怎麼沒事？」

「為什麼有事？你們是怎樣啊？」馮千靜被不明的狀況搞毛了，「那就是個失戀的女生，我叫她自己回去哭一哭找下段戀情啊，然後……說有人在樓下等我，我就走了！」

「等一下！」郭岳洋急忙回身，抵住馮千靜，「這樣小靜算不算逃走？」

「逃？」毛穎德倉皇回首往樓上看去，「如果是逃的話，她應該要追下來了……」

「逃？我怎麼可能會逃走！不准對我用這種詞！」身為格鬥家，哪有逃的道理咧！這種辭不該存在於她的字典裡，「那女人是誰啊？我講完她就讓開了啊，哪有什麼逃不逃的？」

讓開？這讓大家都傻了，「她讓妳走？」

為什麼啊!?怎麼會有這種事，裂嘴女放開了獵物？她不是特地找上小靜的嗎？郭岳洋跟夏玄允完全無法理解，遇上裂嘴女只有活著被剪開與死亡兩條路，什麼時候有第三條？

而且，小靜怎麼可能有髮膠？她也不像灑過糖果啊？

「先走先走！回家再想！」毛穎德推著馮千靜下樓，「我……再上去偷看一下。」

「毛毛？」郭岳洋有點緊張。

「男生沒事，忘了嗎！」毛穎德邊說，一邊催促著他們，「先幫我發動車子。」

將鑰匙扔給郭岳洋，馮千靜不爽的在問到底怎麼回事，毛穎德轉身重新往上走，回到剛剛的月台。

沒有人。

月台的出口有兩個，或許那只是個普通女孩，或許她從別條路走下去了，也或許她眞的是裂嘴女，卻這樣放了馮千靜離開……他知道馮千靜不會誆騙他們也沒必要，剛剛走上來時，她的確並沒有跟裂嘴女起衝突。

爲什麼會放她走？這毫無道理可言啊！

毛穎德走上月台數步，確定前後都沒有人影，寒風刮來，逼得他縮起頸子，趕緊回身往樓下跑去。

如果裂嘴女沒追上也沒別的動作，表示馮千靜應該沒事了吧？

才下樓兩步，就看見那熟悉的身影轉身上樓。

毛穎德內心一震，立刻別開眼神，從容！冷靜！假裝是一般人就好了！毛穎德眼神低垂，望向那雙無著鞋又滿是泥濘的腳，果然不是普通人！月台上現在沒有人，她在等下一班出來的乘客嗎？

「我漂亮嗎？」

咦？毛穎德瞪圓雙眼，不可思議的看向她。

女孩一步上前，踩上一階階梯，擋去了他的去路，「我漂亮嗎？」

怎麼可能!?他是男的啊！裂嘴女不是只找女生嗎？毛穎德緊皺起眉向後退著，她是看著他的，的確是針對他。

他該怎麼回答？他可不想被剪開嘴角，也不想慘死在這兒……他步步後退，直到站到了月台上，裂嘴女依然逼進上前，執著的要一個答案。

「我漂亮嗎？」她聲音變得急切。

是與不是都是不對的答案……毛穎德緊張的深吸了一口氣，「既漂亮又不是很漂亮。」

嗯？裂嘴女明顯的蹙起眉心，這樣的答案不存在在她的世界裡。

他緩緩把手抽出來，他的口袋裡殘有幾顆糖，心裡有股壓力存在，傳說的解決方法是否爲眞？下午小晴明明灑了糖果，卻依然橫死在教室裡。

毛穎德瞄向右手邊的月台，直起身子將掌心攤開，對著裂嘴女，「糖果給妳。」

就在那一瞬間，他便明白了糖果是有用的，至少裂嘴女雙眼發出光芒，貪婪的伸手要搶，毛穎德毫不猶豫的向右扭身，將糖果朝鐵軌處扔了出去。

裂嘴女二話不說，竟然轉身就衝跳下了月台——

「喂——」驚恐的叫喚聲竟來自樓梯下，衝上來的人是不該在這兒的馮千靜，她一上來就見毛穎德將東西扔向軌道，而那個女孩居然跟著跳下去。

她直覺的跟著衝上前，意欲拉住跳下的女孩，毛穎德沒料到她會再度折返，趕緊往左一橫，及時攔住了她的去向！

「你幹嘛!?」馮千靜整個人被抱住，眼睜睜看著女孩的身影躍下月台，而此時遠處燈光大作，列車就要進站。

「妳冷靜點！」毛穎德低吼著，扣著她的身體往月台邊去，「那不是人！」

什麼!?馮千靜在貼著毛穎德的狀態下被拖到月台邊，她往下一瞧，什麼都沒瞧見。

紛沓的足音傳來，夏玄允跟郭岳洋慌張的上來，「小靜！妳怎麼……」話說

到一半，看現場狀況就知道不對了！

「怎麼了？」郭岳洋焦急的問。

「我遇到她了！」毛穎德凝重的對著他們說，「她不是只針對孩子，更沒有只針對女生……」

「什麼？」夏玄允一怔，「這是不可能……不不不，這本來就不一定，都市傳說有好幾種版本。」

「都市傳說本來就是因地制宜，多少會有變化。」郭岳洋緊張得聲線都緊繃了，「只是這樣一來，變成人人都有機會遇到……」

列車進站，車門開啓後稀少的乘客步出，馮千靜緩緩推開架著她的毛穎德，重新整理情緒，雙眼凝視著車廂輪下，再回身走向他們，一雙凌厲的眼一個個盯著。

「有沒有人要跟我解釋清楚，」她指向原本車子現在應該壓過的女孩，「那個是什麼東西？」

第四章 血染影院

肖想的熱水澡沒著落，馮千靜卻坐在校外住處的餐桌上，聽著吃宵夜吃得淅瀝嘛嚕的室友講了一個「裂嘴女」的都市傳說。

她再沒研究也聽過裂嘴女的都市傳說，這傢伙太有名！只是以前她總覺得都市傳說或是怪談都是無稽之談，當然自從陸續親身遇到之後，她便不再那麼鐵齒，但厭惡感是節節升高，不過壓根兒沒有想到過眞的會有裂嘴女的存在。

「我說……裂嘴女不是因爲整型失敗才懷恨在心的女生嗎？」馮千靜撐著頭，相當費解，「現在整型醫術這麼發達，還會有這種事嗎？」

「欸……整型失敗也是一種傳聞嘛，也有一說是長得醜的女性化成的。」郭岳洋婉轉的說著。

「嘴巴裂成那樣，怎樣都是被割的吧？」馮千靜邊說邊用食指在兩邊嘴角往上劃，「現在韓國機票不是很便宜嗎？技術也沒糟到這麼差吧？」

「就說可能是別的原因，或只是長得醜啊！」毛穎德無奈的說著，吸了一大口麵。

她沒好氣的瞪著他碗裡的麵，馬的有夠香，撫著肚子覺得餓！毛穎德吃花枝羹麵、郭岳洋吃炸雞、夏天啃東山鴨頭，這些室友是要逼死她嗎？

「小靜，妳看起來很餓耶！」夏玄允超大方的把東山鴨頭推到她面前，「我買很多，妳儘管吃。」

才推前兩寸，右手邊的郭岳洋立刻把東西撤回，「不行啦！她要比賽了，飲食都有專業的營養師調配，不能吃宵夜！」

馮千靜極其無奈的望著他，「你跟我營養師好像感情不錯厚？」

郭岳洋瞇起眼笑著，這是他體貼的表現。

是，她原本以為可以偽裝成邋遢宅女過完大學生活，結果甫入學就在社團招生時遇上夏玄允他們，莫名其妙成了「都市傳說社」的幽靈社員，然後不小心遇上都市傳說，接著又被郭岳洋認出她就是女子格鬥競技大賽的冠軍「小靜」。

是說有沒有這麼巧——郭岳洋偏偏是女子格鬥迷，還是她的粉絲，加上她偶爾情緒激動流露的「破綻」，一下就被他破解偽裝。

在半威脅之下，她搬來跟他們一起分攤房租，分攤只是好聽，夏玄允背景雄厚，這間屋子是家裡買的，三房兩衛用極便宜的價格租給她，說穿了根本只是想讓她有地方住而已，誰叫她之前租的屋子燒了一乾二淨。

這種「好意」她當然也不好拒絕，加上如果不住進來就怕全校立刻知道她的眞實身分，她也就順水推舟，反正以她而言，跟三個男人住在一起，該小心的絕對不會是她。

「只是場友誼賽。」她淡淡的說，知道郭岳洋關注。

「不能這麼說，對手不是妳一向的勁敵嗎！又是最近的後起之秀，大家都很關心呢！」郭岳洋閃閃發光的雙眼讓人無法直視，「我相信妳！小靜，妳一定會贏的！」

只是友誼賽……她已經說八百次了，在家裡說、在這裡說、在練習場也說，但正因爲郭岳洋說的理由——對手是最近數戰成名的後起之秀紫盈，據說目前暫無敗績，所有人都看著這場友誼賽。

看著新世代的美少女競技者會不會換人！

相關的八卦雜誌已經很令人厭惡的把她們的年紀列出來，對方足足小她兩歲……才兩歲是怎樣？有差到這麼多嗎？

煩！這種無形的壓力已經逼得她喘不過氣了，現在又搞什麼裂嘴女？

「你們去哪裡招惹這麼多都市傳說？」她話鋒一轉，不悅的盯向夏玄允，「又是你對不對？」

「沒有沒有喔！」夏玄允搖頭搖得飛快，「這次不是我們招惹的，那個是自己出現的，她已經出現好幾次了，還殺了一個幼稚園小女生！」

原本有點恍神的馮千靜一怔，「什麼？」

「小靜沒時間看新聞啦！今天下午有個六歲的女孩子被殺了，新聞都說是殘忍的割喉犯，但其實是裂嘴女。」郭岳洋詳細補充，「被兒童安全剪刀，一刀一刀剪開喉嚨、血管、氣管跟皮膚……因爲她昨天從裂嘴女面前逃走了！」

「安全剪刀？一刀刀剪……天哪！有沒有這麼變態？那很痛啊！」馮千靜下意識撫上自己的頸子，一刀一刀是多大怨恨？「才六歲？怎麼下得了手？」

「從裂嘴女手上逃掉就是這樣！」夏玄允也很難過，但實在無能爲力，「昨天眞的不該讓她逃的。」

「因爲我們不知道那個就是裂嘴女，是讓小晴逃走後才看見她的樣子。」毛穎德也很懊悔，他現在滿腦子都在想，如果來得及丟糖果的話，小晴是否能逃過一劫？

馮千靜聽出端倪，狐疑的蹙眉，「小晴？你們認識那個孩子？」

「是毛毛家教學生的妹妹。」郭岳洋偷偷眨眼示意，「現在他學生超氣毛毛……跟我們的。」

馮千靜有點詫異，「這麼巧……你們是不是去出什麼餿主意？還在人家面前信誓旦旦的說自己是什麼都市傳說收集者？」

對面的男孩們不發一語，立刻低下頭吃炸雞或是啃鴨頭，什麼話都不敢說。

就知道！馮千靜瞇起眼，往左手邊的毛穎德瞥了眼，他果然停下吃麵的動作，眉頭緊皺看起來心事重重。

「我也有錯，讓夏天他們說得天花亂墜，還說糖果就能讓裂嘴女離開，那是她最怕的東西……結果我們都忘了，小晴前一天遇到裂嘴女時逃走了，逃走的話用什麼驅走都沒有用吧。」他搖了搖頭。

「說這麼多都廢話，人都死了！」馮千靜打斷他的自怨自艾，「要想的是怎麼樣不讓下一具屍體誕生吧！」

叮，正對面的夏玄允倏地抬頭，雙眼燦燦發光，「小靜，妳願意——」

「不行！小靜要準備比賽！」好麻吉居然阻止他了，「她不能受傷，這次跟之前不一樣！我們要自己解決！」

馮千靜托著腮，這時就覺得有粉絲眞令人感動……只是，郭岳洋永遠太傻太天眞，他們三個在宿舍裡爲了裂嘴女忙得團團轉，她有可能置身事外嗎？

不過有一點郭岳洋說對了，她千萬不能負傷，在擂台上有傷口，無疑是走向敗亡的關鍵。

「如果剛剛月台上那個確定是裂嘴女，她攔了我、也攔了毛穎德，加上下午才殺了個女孩，感覺她還沒有停止的跡象。」馮千靜嘆了口氣，「還是速戰速決的好，誰曉得我會不會再遇到她一次？她會不會再傷人？」

「小靜……」郭岳洋用那盈滿欽佩崇拜的眼神望著她。

「連小孩都殺……裂嘴女一般都這樣嗎？有沒有說怎樣會停止？」馮千靜別開眼神，對面太閃亮了，「以前傳說怎麼了？」

「她原本就只針對孩子，最傳統的是攔住走夜路的孩子，問他們她漂亮嗎，這一次的截然不同。」毛穎德接口，將蕭妤珊開始的事情交代了一遍。

這個裂嘴女不分男女、不針對孩子、沒有白天夜晚的分別，更不只是在路上，只要她想，連屋內都能光明正大的進入殺人。

馮千靜越聽眉頭皺得越緊，一個六歲的女孩爲此而死已經很誇張了，原來在這之前還有個高中女生被活活剪開嘴角！剪開耶，她下意識用舌尖在臉頰內滑動，皮膚說薄也不薄，但這樣被剪開的話……媽呀！豈不痛死！

「那個女高中生沒有反抗嗎？」她不解，兩邊嘴角要花多少時間啊？

「反抗不了，聽說裂嘴女力氣很大，而且她剪蕭妤珊的速度很快。」郭岳洋果然是詳實的紀錄者。

「出現跟消失都沒有原因，這是最麻煩的。」毛穎德凝視著她，「我最不懂的是，妳沒用糖果沒用髮膠，是怎麼讓裂嘴女讓路的？」

馮千靜睜圓了眼，對啊，她全身而退。

「妳威脅要揍她嗎？」夏玄允用非常認真的眼神問著，馮千靜不悅的給了一記狠瞪。

「我只是勸她找下個男人會更好。」她思考著，「回想起來她不怎麼聽我說話，還是問我她漂亮嗎，然後我……」她遲疑的回想，「啊，我不耐煩的跟她說借過，我跟人還有約。」

「然後？」毛穎德有些詫異，「她就退開了？」

他上三樓時，恰巧看見裂嘴女向旁邊讓開，那完全是主動行爲，馮千靜絲毫沒有推她。

馮千靜點點頭，的確如此，「那時我還想說那女的雖然失戀，但總算還聽得懂人話。」

「有約有約……」郭岳洋把炸雞移到一邊，立刻把都市傳說社的紀錄本搬出來，曾幾何時裡面居然黏了一堆剪報，連毛穎德看了都嘖嘖稱奇。

他們知道裂嘴女明明是幾天前的事而已啊，居然已經蒐集這麼多資料了。

手指在筆記本裡的剪貼中移動，夏玄允也湊過來幫忙找尋，終於指尖停在一處，夏玄允「啊」了一聲。

「這裡，如果跟裂嘴女說有約的話，她反而很能理解！」夏玄允用手指戳著本子，激動的喊著，郭岳洋立刻拿出橘色蠟筆在上頭做了記號。

「那你們那天怎麼沒講？」毛穎德不可思議的把本子抽過去看著。

「因爲只有一個地方的裂嘴女是這樣啊，這種不普遍的說法我們不能輕易採用吧？連眞假都不知道！」郭岳洋很肯定的說著，「糖果跟髮膠就不一樣，那是各處都流傳的解決之道！」

馮千靜正托著腮，指尖在臉頰上點呀點的，夏玄允的手機響個不停，看來「都市傳說社」的LINE群組又爆炸了。

「那個被割開嘴的高中生是多久之前的事？」馮千靜突然好奇的問了。

「一個多月前。」毛穎德將本子遞還給郭岳洋。「怎麼了？」

「所以她剪了那個高中生後，就沒有再傷害過任何人？直到今天？」馮千靜有些不解，「我不知道都市傳說是怎樣，但這樣子不奇怪嗎？」

「上次那個紅衣小女孩也沒天天殺人啊！」夏玄允倒不以爲然，「也有可能是什麼契機下，裂嘴女才會……」

夏玄允說到一半，被自己的話語梗住了。

什麼契機下？所有人突然都直起身子。

「我還覺得奇怪，爲什麼跟謝淳涵都有關。」郭岳洋有點爲難的開口，「毛毛，我不是暗指她怎樣，我只是覺得先是她同學、然後是她妹妹……你不覺得很奇怪嗎？」

「我明白。」毛穎德點了點頭，「這部分我也有想過。」

「就去找相關性吧，我看社團的人應該很樂意幫大家找……我還想到一件事。」馮千靜伸了伸懶腰，「會不會有人跟我一樣遇到卻不知道，而且全身而退的呢？」

咦？毛穎德詫異的看向她，「妳是說……」

「她剛剛連口罩拿下來的機會都沒有吧？」她聳了聳肩，「如果在趕時間的人根本不會聽她在講什麼，說不定眞的有約，敷衍的說對不起沒空、我還有事、我趕時間就走啦！」

反正裂嘴女很能理解的不是嗎？郭岳洋立刻提筆寫下關鍵字句，馮千靜的話讓毛穎德也想到了另一件詭譎的事。

「她剛剛找我時，我完全傻掉，我沒想到裂嘴女會找上男性……我知道無論怎麼回答她都會找我麻煩，所以我回她……」毛穎德認眞回想著剛剛在月台的話，「妳既漂亮，也不漂亮……對，她跟你們現在的表情一樣，皺眉顯得困惑，完全沒有攻擊沒有說話，我才趁機扔出糖果的！」

郭岳洋突然抽口氣，翻了貼到前面的剪報處，「這裡，裂嘴女對於不明確的答案會感到困擾——」

「天哪你們！」馮千靜屁股向後起了身，「拜託把每個可用的方法都寫上去吧，我們可以考慮印成傳單給大家，或是透過網路傳出去！」

夏玄允張大了嘴，哇塞一聲，「妳好厲害喔！小靜！這方法太天才了！」

「天才個鬼啦！我的低調友誼賽就是被這樣宣傳開的！煩死我了！」她轉身邊走邊抱怨，「我要去洗澡，今天我要泡澡，誰都不許吵我！」

「是！」郭岳洋還跟著站起，「妳要不要用放鬆的精油？我有喔！」

嗯？馮千靜回頭遲疑三秒，用力點頭，當然要！

郭岳洋樂不可支的立刻放下東西，蹦蹦跳跳的回房間去拿精油，能爲偶像服務，是他莫大的榮幸啊！

「他同手同腳了。」毛穎德撐著左臉頰，向左後方看著跑進房間裡的郭岳洋。

「你要是知道他花多少錢搶友誼賽的票才會佩服。」夏玄允手比了個數字，「他說保密。」

「兩千？」毛穎德歪著頭，還好吧？

「兩萬啦兩千！說出來小靜先給你拐子！」他用氣音說著，「小靜的場，兩千連門邊都卡不到！」

唉，毛穎德擺擺手，現在重要的不是她的友誼賽好嗎！拿過本子端詳，馮千靜的方法極好，利用網路宣傳、或是發成傳單，給大家一個防範的機會。

現在網路上對於裂嘴女的傳聞已經甚囂塵上了，加上渲染過度，情況一天之內就會越變出多種版本，越發嚴重。

「社員們都很興奮也很害怕，這次事件比紅衣小女孩還可怕。」夏玄允滑著手機，「紅衣小女孩避開青山路就好、樓下的男人留意不要落單，可是戴著口罩的女性……到處都是啊！」

「而且遇到一定躲不過。」毛穎德做了結論，「把方法散佈出去、印傳單，還有讓社員去調查曾遇到但安全逃過的人。」

「沒問題！」夏玄允在手機上飛快的打著字。

換社團辦公室後，還沒有開過社員大會呢！他興奮之情溢於言表，不知道能容納多少人呢？

毛穎德一看就知道夏玄允在想什麼，而他只是默默拿起未吃完的麵往廚房去清理，腦海裡還是謝淳涵那滿臉淚痕的悲傷臉龐……他不只想為這個學生盡點責任，也想為小晴做點什麼……

更不希望再有下一具屍體，橫死在裂嘴女的剪刀之下。

王慈薇拿著可樂與爆米花，依照票上的號碼尋找位子，雖然影廳裡空無一人，但還是按照座位坐定比較好。

她坐了下來，心情依然低落，滿腦子想的都是小晴那慘死的模樣，她幻想過多少次，如果她那時就待在教室陪伴她、不回去拿什麼餅乾點心就好了！一念之差間，就發生了不幸。

更氣自己發現有疑人士沒有立刻追上去，還在那邊思考究竟是哪一班的老師，錯失了抓到凶手的機會。

雖然，小晴的姊姊認為不是校方的錯，但她的爸媽已經打算提出告訴，她被暫時停職，學校讓她留職停薪，放了個長假。

律師告訴她，這件事不會這麼快結束，畢竟有家長的寶貝在教室裡死亡，一般說來官司不會打到底，而是採取和解，她必須要有和解賠償的心理準備。校方會負擔、公會會協助，但不足的部分，她可能必須從現在開始打算。

她哪裡生這麼多錢！人雖不是她殺的，但她難辭其疚，因爲她沒有在教室陪伴著小晴才讓她遭受橫禍；但是換個角度想，如果她眞的片刻不離開小晴身邊，那麼其他的孩子怎麼辦？班上不是只有小晴一個人啊！

她想爭取！爭取自己的清白，她對待小晴並沒有疏漏，那是放學時間，她還因爲擔心小晴所以將其他孩子委託給隔壁班老師，當時她已經回來了，想著她肚子餓給點餅乾安慰……轉身進辦公室這短短數分鐘，接了通電話，小晴就橫屍在教室裡了。

這不該是她的錯啊！

可是看看現在的她……王慈薇的淚水暗自滑落，沒有工作、也無法去別的地方任教，留職停薪的無業遊民，傷心難過的抱著爆米花與可樂，坐在清靜的電影院裡散心。

問題是，她根本無法靜心啊！未來根本前途茫茫！

影廳內燈息，大螢幕開始播放廣告，王慈薇抹著不止的淚水，黑暗中她反而悲從中來；突然間隔壁座位有人坐下，讓她心頭一慌，連忙故作鎮靜，影廳這麼大，平日白天又沒人來看電影，工讀生位子可以賣寬一點嘛！

隔壁的女孩入座，卻直挺挺的坐著，側臉微向左，跟她一樣都戴著口罩，這是生活習慣，空氣糟、病毒傳染多，爲了自己跟小朋友，她一向很注意防範……電影院絕對是個病毒散播處。

女子低著頭，雙眼目不轉睛的盯著她握在手上的爆米花，盯著爆米花彷彿都快燒起來了。

「那個……」她客氣的舉起爆米花，「妳想吃嗎？」

女子愣了一下，瞥了她一眼，大螢幕上開始播放下檔的電影預告，是部動作電影，槍聲大作，噠噠噠噠噠噠噠噠！

「沒關係的，這麼多我一個人也吃不完。」王慈薇輕笑著，舉起爆米花，「來，一起吃吧！我買甜鹹綜合的呢！」

女子只遲疑了兩秒，忽然摘下口罩，雙手搶過那桶爆米花，右手抓了一大把就連續不斷的往嘴裡塞，一口接一口，快得讓王慈薇咋舌。

「妳慢慢吃，這樣會噎到的！」她直起身子也趨前，「慢點！慢點……」

螢幕上一片白光，照亮了視線，她才看見女子的手如此的髒，十指內都是污泥，看起來活像剛剛做過泥土雕塑似的！她的嘴巴鼓起，塞得再滿也要拼命塞，這詭異得讓王慈薇覺得很不對勁。

她沒再勸，但是看著女子吃東西的方式不知怎麼的覺得毛骨悚然。

突然間，女子塞爆米花的手停頓了，她抬頭看向王慈薇，咧嘴而笑。

只是這一咧嘴可不得了，她的嘴竟瞬間變大，兩邊嘴角完全裂開到臉頰中間，「啊」的一聲將嘴巴張到最大，捧起整桶爆米花倒了進去——裂嘴女！

王慈薇嚇得跳起，不可思議的看著那嘴巴裂開的女人，將爆米花全數倒進那血盆大口裡，緊接著一抹嘴就跳了起來。

她該走對吧？王慈薇滿腦子都想著最近網上的裂嘴女傳說，聽說裂嘴女出沒在他們那一帶，有傳聞已經有高中女生被裂嘴女割開嘴角、也有人說小晴就是被裂嘴女殺掉的……

王慈薇不知道爲什麼覺得雙腳難以移動，大螢幕的預告燈光閃爍著，現在預告的是鬼片，光線變得陰森晦暗，裂嘴女站在那兒望著她，她依然可以瞧見那嘴角上醜陋的裂痕，裂嘴女嚼著爆米花，大口嚥下，微張的嘴就能瞧見她的臼齒，傷口不規則且扭曲著。

『咚！』預告片裡傳來駭人音效，彷彿喚醒了王慈薇似的，她連包包都沒拿，立刻大步後退！

「我漂亮嗎？」裂嘴女開口了，「老師，我漂亮嗎？」

老師？她叫她老師！爲什麼會知道她是……不不，王慈薇滿腦子想的都是

「目標取向」四個字，她看ＦＢ上流傳的裂嘴女傳說，她是隨機找人的，怎麼可能會知道她是誰？

王慈薇一扭身，就往後奔出座位區，向右拐下樓梯，這才留意到，廳院裡除了她之外眞沒有別的觀影人！

焦急慌忙，腳一踩滑，王慈薇整個人往前撲飛出去，摔下了其實不長的階梯！滾了好幾圈她痛得哀鳴，只是好不容易到了平地，尚未起身就看見一雙滿是泥濘的腳站在她面前。

喝！王慈薇驚恐的抬首，裂嘴女正站在那兒睨著她。

伴隨著螢幕散發出的白光，她的雙眼好像、好像透著一股金色的異樣的光芒……

「我這樣漂亮嗎？」裂嘴女歪著頭，左手指著自己的臉。

她要怎麼回答，王慈薇腦中回憶ＦＢ上的流傳，不管回答是與不是，都會出事……因爲說她不美的話，就會被殺掉、會被——「不要！」

王慈微尖叫著，不顧全身發疼的爬起，往出口跌撞而去。

出口前有個長廊，她拐著腳往前衝，恐懼的回首看著依然站在原地的裂嘴女，裂嘴女回首望著她，看上去沒有動作。

「救命！」王慈薇扯開嗓子大喊著，「救命！」

不知道是影廳聲音太大，還是外頭沒有人，並沒有人立刻開門，而當她不安的再度回首時，卻赫見那張裂開的血盆大口就在自己面前。

「哇啊！」裂嘴女抓過她的衣服，將她狠狠往牆上扔去！

王慈薇背撞上牆，立刻摔落在地。裂嘴女蹲在她面前，她嚇得雙手交叉擋在自己面前。

「漂亮漂亮！你很漂亮——」王慈薇驚恐的揮舞著雙手，歇斯底里的喊著！

「漂亮……」裂嘴女發出嘻嘻的竊笑聲，王慈薇戰戰兢兢的從指縫偷瞄她，她是眞的在笑……用那扭曲的裂口吃吃笑著。

然後，她的視線落在了她右手拿著的剪刀上面。

「我已經說妳很漂亮了！」王慈薇轉身向右，連滾帶爬的想爬出去，「救命啊——」

才爬一步，後衣領即刻被揪起壓回了牆上，裂嘴女左手緊箝住她的下巴，咧開大嘴笑著，將張開的剪刀刀刃放進王慈薇嘴裡，以那薄薄的嘴邊皮膚相隔著。

那是一把……安全剪刀啊！

「老師要變得跟我一樣漂亮喔！」裂嘴女用力壓下刀柄，剪刀刹時剪開了王慈薇的臉頰。

「哇呀——呀——」

『呀——呀——』預告片裡的女主角，同步失聲尖叫。

王慈薇的雙腳不停踢著，卻推不開裂嘴女，她喜不自勝的繼續將剪刀內移，再剪下一刀時，王慈薇只覺得痛徹心扉！

「放開我——」她喊著，喉嚨裡淹滿了自己的血，咕嚕咕嚕。

求生的氣力龐大，她費力的將頭別開閃到一旁，推開了裂嘴女，拚命的往門口衝！

影廳出入口是個雙向對開門，王慈薇踉蹌的摔滾出去，恰好有顧客正要入廳，差點就被撞上，然而她的鮮血淋漓，都讓大家嚇得止步傻了眼！

「哇呀——受傷了！她受傷了！」現場頓時亂成一團，「快叫救護車！」

工作人員嚇得兵荒馬亂，謹慎的往裡頭探視，王慈薇雙手緊捧著從嘴角湧出來的鮮血，她一句話都不敢說，因爲她、她的左邊臉頰都被剪開了啊！

「……包……包……」她囫圇的說著，一大口血噴了出來。

「包……皮包！」圍觀的路人聽見了，「她的皮包是不是在座位區？」

想也知道啊，問題是——誰敢進去拿啊？

有人把一大疊紙巾拿來給她試圖止血，但當王慈薇手一放下來，吃力的道謝時，所有人當場呆愣……她的嘴角是……裂開的？

「天哪……傳聞是眞的！」

「網路上傳我們這一帶有裂嘴女出現……她的嘴角……」有人忍不住拿起手機拍照。

「請問，妳的臉怎麼了？難道是裂嘴女嗎？」有人終於問了。

王慈薇滿臉是淚，忍著痛楚顫顫的點頭，立刻引起一陣騷動——裂嘴女在影廳裡？

幾個工作人員戰戰兢兢的結夥進去拿王慈薇的皮包，看見爆米花空盒跟灑了一地的可樂，可以看出她剛剛的慌亂，出口旁鮮血四濺，嚇得他們膽戰心驚。

救護人員趕到，先確定有無生命危險，由於是臉部外傷，並未傷及動脈，所以他們飛快的對患部做緊急處理，便將王慈薇抬上擔架離開。

救護車刺耳的聲音響著，王慈薇隔著紗布緊壓著左臉頰，痛得說不出話來。

前頭傳來對講機的聲音，說著臉部外傷病人需縫合，與醫院連繫中。

護理師正爲她清洗傷口，然後王慈薇迷迷糊糊的眼睛，看見了那十指髒汙的指頭。

咦？王慈薇瞪大了眼睛，看著那一頭亂髮、有些狼狽的女護理師，她戴著口罩……護理師誰不戴著口罩，但是那雙眼卻緩緩的落上了她的臉。

「老師說我很漂亮的。」護理師笑著開口，右手再度取起了染滿她鮮血的剪刀。

「不不——不——」

喔咿喔咿……喔咿喔咿……

第五章 亡羊補牢

都市傳說社幾乎全員出動，大家利用閒暇間自己分配區域，到處去詢問有沒有人之前遇過類似裂嘴女的人，做著地毯式調查；夏玄允則坐在靠窗的桌上，雙手捧著暖暖的咖啡，心滿意足的望著在街上忙碌做問卷的社員們。

「你笑得很噁心耶！」毛穎德忍不住咕噥著，「這麼冷大家在外面忙，你還有閒情坐在這兒？」

「我是社長啊，動頭腦的！」他還說得理所當然，「你不覺得很感動嗎？看見這麼多社員在忙碌……」

「感動什麼？」毛穎德不耐煩的說著，不停看向窗外，是因爲謝淳涵居然主動約他了！

自從小晴死後至今一週，即使家教被辭退，他依然按習慣的關心她，他相信謝淳涵不是那不明理的學生，她也該知道，殺死小晴的不是制度、不是學校，而是裂嘴女。

「感動現在有這麼多社員啊！」郭岳洋眞是夏玄允肚子裡的蛔蟲，「想當初我們整個社團有七個幽靈社員，現在已經是超過一百人的大社團了！」

唉，是是是，換了新社團辦公室，又大又寬敞，一眨眼成了校內第一大社團，就因爲最近屢次發生的都市傳說惹得人心惶惶，也不得不說損失了幾條寶貴的性命，或許外人覺得是火災、是車禍、是失蹤案，但是都市傳說社的ＦＢ社團網頁裡永遠記載著實情——那些人是因爲遇上都市傳說而出事的。

叮鈴聲響，推門而入的是全身包得緊緊的女孩，拿下羽絨外套的帽子倒沒立刻進入，而是在左右梭巡。

「小——馮同學！」郭岳洋愉快的招著手。

毛穎德回頭，跟她對上雙眼，只見她勾勾指頭，叫他出去

他？毛穎德先是遲疑，但馮千靜下一秒就往門外撇頭，他往外瞧去，看見謝淳涵跟一票高中生就站在外頭！

他外套抓了就往外走，反而是其他兩個急得跟什麼一樣，匆匆忙忙。

「你們幹嘛？等等社員進來做統整報告，你們不能離開！」毛穎德拎過包包，「有事手機聯繫！」

「哎哎，你們要去哪裡？覺得要去做大事的樣子！」夏玄允焦躁得很。

「你要做的才是大事。」毛穎德用指節在桌上敲響著，「晚上得把傳單樣本做出來。」

「我知道。」郭岳洋溫和堅定的點著頭。

毛穎德立即朝馮千靜走去，不安的往外頭看去，「妳怎麼認識謝淳涵？」

「我哪認識！剛經過時聽見他們提到你的名字。」馮千靜開門往外走去，「又出事了你知道嗎？」

毛穎德一愣，「又？」

他一走出店外，忠實社員林詩倪跟他打著招呼，她曾是都市傳說的受害者，後來搖身一變成了機動性強的忠實社員，這次也收集到不少資料。

「你們要去哪裡？我收集到很多耶！」林詩倪一看見他們就跑過來，「好多人其實都有遇過裂嘴女，幾乎都在陽穗高中那一帶，只是他們都在趕時間沒多談，或是跟她說有約……」

「好好好，妳等等去跟夏天說，我們倆有事。」馮千靜打斷她的激動，繞過她往謝淳涵那邊去。

嗯？林詩倪狐疑回首，分開行動了嗎？

路旁一票高中生，毛穎德那晚在醫院都見過，謝淳涵緊皺眉心，看上去依然相當悲傷，只是一看見他，立刻衝了過來，「老師！」

「謝……」毛穎德還來不及說些什麼，謝淳涵就撲進了他懷裡，「謝淳涵？」後頭幾個高中生面露愁容，看起來一臉驚惶的模樣。

「是出什麼事了？」毛穎德轉向馮千靜，她剛剛還沒說完。

「好像哪個老師出事了。」馮千靜都是聽到的。

「是小晴她導師、王老師遇到裂嘴女了！」謝淳涵仰起頭，哭得泣不成聲，「她去看電影時被攻擊的，整個臉頰被剪開了！」

什麼？毛穎德腦袋一片空白，那個老師？這關聯性未免也太強了吧？

「人呢？」

「在醫院裡，昏迷不醒，現在昏迷指數是三……」林平悅上前，「老師在電影院時有反抗，她衝出來時只有左邊被剪開，很多人都有看見，網路上還有照片在流傳，後來送上救護車後，就、就……裂嘴女沒有放過她！」

「在救護車上？」馮千靜簡直不敢相信，「那種傢伙能進入救護車的嗎？」

「她連電影院都能進去了。」毛穎德嘖了一聲，別打斷，「然後呢？她僞裝成救護人員嗎？」

「嗯，救護車裡鮮血四濺，車子停到急診室時，王老師摔倒在地上，兩邊嘴角都已經被剪開了……頭部遭受過撞擊，所以一直到現在都沒醒。」謝淳涵緊咬著唇，「我明知道小晴的事不是她的錯但我沒辦法跟爸媽說，裂嘴女的事要怎麼說？」

「我們學校已經有人遇到了，還好你們那天教我們糖果跟髮膠，他們都因爲這樣逃過一劫！」成太緊張的開口，「爲什麼好像都在我們學校附近？雖然是這一區，但是我看網路上好多人留言，幾乎都是我們學校啊！」

「因爲學生多嗎？」毛穎德擰眉，拍拍謝淳涵，「別忘了，現在小晴的幼稚園也有事，這裡距離你們學校有好多站吧？」

呃……這句話高中生們遲疑，是啊，這裡距學校少說有六站，小晴死亡、王老師受重傷，好像並不是只針對他們學校？

「我去看過王老師了，她完全沒有反應，可是她的臉……臉……」謝淳涵比到一半，難過的掩嘴，「好可怕，剪得歪七扭八，醫生說對方下手很殘忍，伴隨著老師的掙扎才會……」

「幼稚園在哪裡？」馮千靜打斷她的哽咽，「我們去看一下吧！」

既然那所幼稚園接連有人遇上裂嘴女，她應該去觀察一下才是，謝淳涵顯得有點卻步，毛穎德只好問他們要不要在咖啡廳等待？但是林平悅堅持要去，起子跟成太亦然，於是便浩浩蕩蕩的出發了。

距離幼稚園沒十分鐘距離，毛穎德順便打聽一下高中生社團裡是否聽過關於裂嘴女的事。

「當然有，沸沸揚揚！很多人打算暫時不來學校了！」

「學校附近的小學就更別說了，許多家長都開始請假，消息傳得很嚴重，學校都已經出面調查了。」

「我都猶豫要不要上學咧，連坐公車都會出事，哪裡才是安全的？」

「不落單吧！」毛穎德沉穩的說，「王老師出事時，是不是也一個人？」

林平悅跟謝淳涵面面相覷，不太確定，「好像是，因為沒有目擊者！」

「什麼時候的事，我幾天沒看新聞了。」馮千靜語氣裡充滿疲憊，她為了練習可謂沒日沒夜啊。

「兩天前而已，影城毀容案，我一直以為是情殺！」毛穎德嘆了口氣，「新聞又沒提裂嘴女。」

「新聞最好會提，這種時刻是要停止恐慌，不是製造恐慌，新聞應該會避重就輕。」馮千靜跟著往巷子裡走去，果然看見幼稚園在不遠處，外頭圍了許多家長學生，看起來個個神態驚懼。

他們一走近，就可以聽見「裂嘴女」三個字，以都市傳說來說，裂嘴女個人的「行銷」做得挺成功的。

「啊啊，同學！」陳警衛一看到謝淳涵就認得了，「那個，同學……王老師她……」

「我已經知道了！」謝淳涵顯得面有難色，「知道她的狀況嗎？再怎樣她都是小晴的老師……」

其實王慈薇一直很照顧小晴的，小晴多喜歡老師她不是不知道，只是妹妹死在教室裡，王慈薇眞的難辭其疚。

「不好啊！我正要去看她，你們要一起去嗎？」陳警衛果然已經交班完畢，「我看大家都在說，她是被什麼裂嘴女攻擊的，是那天我看見的那個女人嗎？」

「可能吧！」毛穎德瞥向一旁的家長們，她們正在決定是否暫時不要到學校了。

「眞是莫名其妙，爲什麼要傷害人呢？」陳警衛說得義憤塡膺，「你們知道嗎？她的嘴巴就這樣……」

說著，陳警衛比劃上嘴，學生們臉色蒼白著，大家都知道裂嘴女會怎麼下手，這個都市傳說恐怖的不只是裂嘴女駭人的樣貌，還有她那無差別攻擊的極端殘忍手段。

蕭妤珊已經是一個了，沒想到現在又是老師，對謝淳涵而言打擊更大，因爲她還有一個死於非命的妹妹。

那彷彿是圓心，馮千靜暗指著前方謝淳涵的背影，毛穎德默默點頭，目前所知道的事情都是繞著她轉著。

「但說穿了，老師跟謝淳涵不算有直接關係。」塾後的他們竊語討論，「所以不該是以她爲圓心。」

「畫關係圖是連得到的吧！」馮千靜依然鎖定謝淳涵，「還有剛剛林詩倪他們說的，幾乎都發生在那間學校嗎？」

「聽郭岳洋說他們做問卷調查的結果確實是如此，集中在他們學校附近，而且幾乎都是高中生。」毛穎德一直覺得詭異，「好像裂嘴女鎖定了那所高中似的。」

「爛人！」馮千靜忍不住低咒，「花樣年華的年紀被毀容，要怎麼走出去？早知道那天我在月台上時就應該……」

「應該怎樣？那可是都市傳說！」毛穎德有點無奈，「現在我們只能消極的等她消失。」

「消極才不是我的作爲。」馮千靜挑高了眉，暗指前方，「我在那所學校有兼指導教練耶！」

毛穎德愣住了，悄悄倒抽一口氣，「社團？」

馮千靜連忙點頭，高中格鬥社的指導教練，她一個月會去教學一次，當然是以「小靜」的身分與模樣前去，現今這副臃腫邋遢樣沒人能聯想。

「就是他們學校啊！」毛穎德說話都變氣音了，他們當然知道馮千靜有在兼這種客座教練，只是沒問過是哪所學校，「難怪妳這麼關心！」

「說什麼，連小孩都殺了，管它哪所學校都要關心一下吧！」馮千靜沒好氣的瞪他一眼，「這種都市傳說怎麼能存在呢！」

尾音分貝有點高，引得林平悅回頭張望，她一回頭馮千靜就低下頭，把臉埋進圍巾裡，再度裝作一副文靜內向的模樣；高中生們算是有義氣，都決定一起陪謝淳涵到底，先打電話回家報備，便跟著陳警衛一塊兒坐輕軌抵達兩站之外的醫院。

馮千靜倒是想到等等這些學生回家路上得小心點，落單又遇到裂嘴女就不好了。

「我來看過她兩次了，她臉部的傷還好……已經縫合，多少會留疤，但是……」陳警衛還在醫院外頭買了花，「不知道救護車裡發生什麼事，她頭部受到重擊，腦子裡的血塊不能取出，所以一直昏迷不醒。」

「陳先生跟王老師感情不錯嘛？」成太好奇的問，「天天來看耶！」

「唉，都同事，不管誰我都會來看的。」陳警衛擺擺手，「王慈薇人很好的，對孩子又有愛心跟耐心，結果居然要被告還得停止工作，就……」

話及此，陳警衛驚覺自己多話，下意識看了謝淳涵一眼後急忙噤聲。

謝淳涵知道陳警衛在說他們家，那是事實，爸媽決定對王慈薇提出告訴、對幼稚園提告，這對老師來說很傷，她也明白。

「我知道王老師對小晴好，所以我才來看她的。」謝淳涵只是幽幽的說，「至於其他不是我能決定的。」

「歹勢歹勢，當我剛剛沒說話，歹勢啦！」陳警衛連忙道歉，彷彿怕罪加一等。

因爲他也在謝淳涵父母提告的範圍，畢竟當時值班警衛是他。

「我知道警衛先生也覺得很無辜。」她瞥了陳警衛一眼。

「唉，有什麼辦法？反正就這樣吧！」陳警衛帶大家向左彎，「反正我保證沒有閒雜人等越過我眼前的正門就對了！那個女的如果是從其他地方進來，我管不到啊！」

即使校內各方都有裝監視器，時值放學時間，他只有一人，要全方位注意到太難，那時要關心的是校外放學的孩子們。

問心無愧，這是陳警衛對警方說的。

來到病房，王慈薇的弟弟正在一旁睡著，陳警衛果然來看過幾天了，跟她弟弟熟稔，簡單的介紹學生之後，弟弟瞬間露出厭惡的眼神瞪向謝淳涵，毛穎德下意識的上前一步擋在他們中間。

「別這樣，大人的事別扯到孩子。」毛穎德這麼說著，「她也是感念老師照顧妹妹才來的。」

「就十分鐘。」弟弟忿忿的轉身，「我不想姊姊醒來看見她，又氣得暈過去。」男子勉強通融，甩頭走出病房。林平悅跟起子他們趕緊上前拍拍謝淳涵以示安慰，這種反應是正常的，她應該有心理準備，即使跟她無關，但家屬還是會有怨懟的。

弟弟一走，大家這才專注的看著躺在病床上、插著呼吸器的王慈薇。

「天哪……」林平悅掩嘴，「跟妤珊一樣！」

兩邊臉頰都貼著紗布，王慈薇更慘的是頭部也裹著層層紗布，一旁的電子儀器顯示著平穩的數據，王慈薇的呼吸看上去相當平順。

「她一直沒醒，不過今天早上似乎有點知覺，我們測試時有反應了！」護理師語氣有點喜悅，「昏迷指數也來到五了喔！」

「真的？」陳警衛顯得很高興，「王慈薇，妳要加油啊！」

『好痛。』

毛穎德背脊一陣涼意，從踏進病房他就覺得不對勁，有什麼東西在這兒惹得他汗毛直豎。

馮千靜掠過他主動往前，俯下身子看著王慈薇臉頰的傷口，實在很想揭開看看到底是怎樣的傷勢。

「這麼大片……有夠變態。」她低咒著。

『真的好痛！』

耳邊傳來低泣聲，毛穎德緩緩的用眼神搜索，那聲音太近了，幾乎就在旁邊而已。

他不是陰陽眼，只有一點點敏感體質，平常到醫院只會覺得不舒服，偶爾看見一些模糊的影子，但倒是很少聽得這麼清楚。

終於，在儀器後面，看見了半透明的身影，卡在那些儀器中。

右邊臉頰是條拖長卻往下的刀痕，左邊卻是往眼睛方向上揚的疤，連結起來看上去，女孩有個右下左上的嘴角，並非小丑那種永遠的微笑……更加令人不舒服。

但定神一瞧，他幾乎可以確定那就是王慈薇！

她死了嗎？毛穎德緊張的看向儀器，活得好好的啊，心臟還在規律跳動，而且她也沒有使用維生系統，所以——噢噢噢，難道是傳說中的生靈？

電光石火間，王慈薇對上了他的雙眼！

毛穎德倏地別開眼神，可惜已經來不及！

『你看得見我？』

看不見看不見，毛穎德在心裡唸著，眼神瞟向別方。

『明明就看見了，幹嘛說看不見？』

咦？她聽得到我心裡想什麼？

『聽得見！也只有你看得見我！』王慈薇嚷著，『我該怎麼辦？我不想回去這個身體裡！』

什麼!?毛穎德終於看向了電腦間的她，**不行吧，王老師，妳不回去身體會死的！**

『很痛啊！』她哭了起來，說話的嘴裂得比臉盆大，『你看看我的臉，我以後怎麼辦？裂嘴女會不會再來？把我的嘴角割到耳下？』

不會，她很少重複找人的。毛穎德在心裡說著，**王老師，我很同情妳的遭遇，沒有人希望遇到裂嘴女的，但我們需要妳的證詞……我們想知道妳發生了什**

麼事。

『我發生什麼事？』王慈薇尖叫著，刻意把嘴張大，血從縫中流了出來，『這還不明顯嗎！她拿著剪刀把我的臉頰剪開了！』

想想小晴，妳至少還活著，要珍惜生命。毛穎德殘忍的回應，**看見妳弟弟了吧！看見這些學生了吧！還有妳幼稚園班上的學生，折了好多紙鶴等著他們老師醒來！**

王慈薇一顫身子，血跡從臉頰上消失……她望著自己的身體，再看向毛穎德。

『你看得到我……那看得見裂嘴女嗎？』她幽幽問著，『可以阻止她再這樣做嗎？』

裂嘴女誰都看得見吧！這裡好幾個都見過了。

『不，我不是那個意思。』她闔上雙眼，『她不會停手的，在……之前……她好像……』

什麼？毛穎德皺眉，**等等，喂，妳要去哪裡？妳——**

腹間突地一個肘擊，毛穎德疼得立刻回神，也因爲重心偏移而向後踉蹌，馮千靜及時拉住他，因爲肘擊的凶手也是她。

「老師？」謝淳涵急的望著他，「你怎麼了？」

「我……」毛穎德腦子還有點混沌，什麼怎麼了？

「大家叫你好幾聲了！」馮千靜連忙提示，瞧著他頰旁的冷汗，難道這裡——她倏地環顧病房，這裡面有什麼嗎？

謝淳涵他們剛剛喚他，他卻完全沒反應，她覺得不對勁才肘擊叫喚，看來他剛剛是眞的出神了。

「我是在想事情，抱歉！」毛穎德趕緊微笑，「怎麼了嗎？」

「我在想……爲什麼裂嘴女要攻擊王老師？」謝淳涵轉過頭看向王慈薇，「先是小晴、再來是王老師……不覺得很奇怪嗎？」

「我本來以爲只有我們學校的！」林平悅立刻出聲，「但是現在王老師跟小晴的事，就表示裂嘴女不是針對我們學校！」

「照理說：裂嘴女是隨機的。」馮千靜回應著，「有可能只是剛好集中在某些地方！」

「你們不是都市傳說社嗎？」成太立即出聲，「我去你們社團查過了，你們很強耶！原來之前青山路的車禍這麼多是因爲紅衣小女孩耶！」

哎唷！馮千靜尷尬的低首，夏天眞的很喜歡在社團裡寫「豐功偉績」。

「信者恆信，我們會盡量處理……不只是爲了小晴或是你們同學，因爲這樣下去我們也有可能會遇到。」毛穎德沉穩的回答著，事實上他跟馮千靜都已經遇過了。

「所以我們在統整資料，還會製作破解法，想用發傳單跟網路的力量宣傳，至少讓大家自保。」馮千靜趁機瞄向眼前的學生們，「如果你們能幫點忙的話……」

「幫！」起子最快舉手，「我可以！」

「我們也都行啊，現在已經是恐慌了，能讓大家安全是最要緊的！」謝淳涵也即刻接口，「傳單或是網路，我們都能幫忙。」

太好了！多增加幫手，社員們也就不必跑太遠！馮千靜才在暗自得意，左手卻突然被人碰了一下。

嗯？她低首看去，卻看見病床上的那個人抓住她的食指——咦咦咦！

「醒了！」馮千靜低語，「喂！她醒了！」

「什麼？王老師！王老師啊！」陳警衛激動的喊著，「天哪妳醒了！那個……醫生！醫生——」

陳警衛高興的往外奔去，學生們也開心的叫了起來，希望王慈薇能聽見他們的聲音；王慈薇緩緩睜眼，看起來依然很虛弱，她的眼神先是疑惑的看著馮千靜，然後很快的移到了她身邊的毛穎德。

毛穎德輕輕的扳動馮千靜，他需要跟她換個位子，馮千靜從不懷疑他的動作，立刻閃身向後，給了他空間。

「王老師，一切都會沒事的！」毛穎德俯身，緊緊握住她的手，「歡迎回來。」

王慈薇眼裡淚水打轉，像是想說什麼，但是下一秒就被臉頰的痛楚取代，謝淳涵在一旁說著醒來就好，王慈薇看向她時，有些許欣慰；然後，她動動被毛穎德握住的手，讓他狐疑的鬆開。

冰冷的食指在他掌心上劃著，毛穎德先是不解，然後瞭然於胸。

「她想說什麼吧？」連馮千靜都看出來了，「你攤平手掌。」

毛穎德依言照做，王慈薇吃力的在他掌心上劃著，只是因爲她不甚有氣力，所以寫起來的字有點令人難以分辨。

「……老師？」對面的學生看得反而清楚，「王慈薇是在寫老師兩個字嗎？」

王慈薇立刻微幅點頭。

「老師怎麼了？」毛穎德不解的看著她寫的字，「哪個老師嗎？」

王慈薇顯得有點疲累，緊閉起雙眼又睜開，晃動的手指再度寫著字，此時醫生步入，馮千靜連忙上前，請醫生做檢查，但多給他們一點點時間。

「叫……老師？」毛穎德讀出了字，「叫哪位老師？」

王慈薇舉起顫抖的手，指向了自己，這可讓大家丈二金剛摸不著頭腦了，「妳？我們一直都叫妳老師啊！」

王慈薇皺起眉，手指比了個遠方，然後又指指自己，指指毛穎德的手；醫生在她的左側做著檢查，打斷她想說的話。

學生們吱吱喳喳的討論著，十分鐘一到弟弟走回，一看見姊姊醒了簡直欣喜若狂，立刻奔到病床邊，嫌學生吵就要趕他們出去。

「叫她老師？」床尾的馮千靜雙手抱胸盯著王慈薇，「我們都叫她老師吧，她是在講誰？」

「應該說有個人叫她老師，她指了個莫名遙遠的方向……」毛穎德陡然一愣，等等——「王慈薇，妳該不會說裂嘴女叫妳老師吧？」

咦？病房裡突然鴉雀無聲，連醫生跟護理師都詫異的轉向毛穎德，這幾天裂嘴女的傳說已經傳到誇張的地步，連在醫院裡大家都人心惶惶，因爲醫護人員每個都戴口罩啊！

更別說，這位病患送來醫院時，聽說就是被僞裝的護理師攻擊的，而傳說那個護理師正是凶手——都市傳說裡的裂嘴女！

只見王慈薇點頭如搗蒜，醫生還連忙制止她不要有這麼大的動作！

「什麼裂嘴女？那是眞的嗎？」弟弟不可思議的喊著，「我姊眞的是被裂嘴女傷的？」

毛穎德沒有回答他，他滿腦子都是驚異，簡直不敢相信王慈薇所言，那個裂嘴女叫她老師？她知道王慈薇是老師才下手的嗎？

護理師眼見狀況不對，連忙送客，請非家屬出去，一票人被推出門外，馮千靜望著毛穎德，他表情有夠難看。

「我不懂，那個叫她老師怎麼了嗎？」謝淳涵低語，很怕被走廊上其他病患聽見。

「這是針對性的……謝淳涵妳剛剛問得好，爲什麼先是小晴，再來是王慈薇？」毛穎德喃喃說著，「裂嘴女知道王老師的身分才下手的，她不是偶爾出現在電影院裡的，這是目標取向啊！」

「每個都是嗎？」馮千靜邊說，一邊暗暗握著飽拳。

「不確定，但至少王慈薇是！」毛穎德即刻旋身往外走去，「如果是目標取向的話，我們得找王慈薇的周遭，看看她有沒有什麼仇家，或是有跟誰結怨……」

遠遠的，剛好看見端著水走回來的陳警衛，馮千靜立刻看向高中生們，「交給你們了，去問清楚吧！」

學生們先是一怔，忽然像有使命感般用力點頭，「好！」

一票人往前攔住陳警衛，謝淳涵回頭，對著毛穎德深深頷首，像是一種感謝、或是一種歉意。

「我們回去，如果裂嘴女是有目標性的話，就可以找出共同點跟路徑。」馮千靜立刻邁開步伐，疾步往前，「從受傷的人開始、或是被問過的人都行，絕對能找到！」

「目標取向的話也就能解釋爲什麼裂嘴女會突然現身了，她是有目的而出現的。」毛穎德也有種燃起希望的感覺，「我們要盡量在下個目標出事前解決掉她。」

「下個目標？還有下個喔？」馮千靜回眸瞅著他，「剛在病房看到什麼？」

毛穎德笑了起來，只有馮千靜知道他體質敏感之事，因爲這件事如果讓夏天或是郭岳洋知道，對怪談瘋狂迷戀的他們，一定會把他當靈媒的！

「王慈薇的生靈……像靈魂出竅那種吧！」毛穎德聳了聳肩，「她回到身體前說過，裂嘴女不會罷手的，聽起來就像是——」

「很欠教訓。」馮千靜緊皺起眉，「還想傷害多少人啊？」

「我是很討厭麻煩沒錯，但我總覺得我欠謝淳涵……而且也不想讓裂嘴女繼續出現傷人。」毛穎德口吻還帶著無奈，「這次得讓夏天他們得逞了！」

馮千靜笑開了顏，朝著毛穎德攤開左掌心，他笑著在上面一擊，代表一種加油打氣，還有深有同感。

雖然她下星期友誼賽在即，但是對於四處亂毀容的傢伙，就算是都市傳說，她也沒打算姑息。

第六章 交疊的可能性

「都市傳說社」的宣傳非常有效率，除了在社團發訊之外，也讓大家分享轉貼，FB的速度驚人，火速的把遇到裂嘴女的應對方法傳出；部分傳單在路上發放，針對大家統整出來遇到最多裂嘴女的地方，謝淳涵唸的陽穗高中是重點區域，那群高中生也已協助幫忙。

幾乎只用了一天時間就把訊息發放出去了，市區警察拿這個「隨意毀容」者束手無策，因爲沒有一架攝影機拍到凶手。

逼不得已之下，連章警官都拜託「都市傳說社」多加留意，看能不能把這位傳說中的裂嘴女繩之以法。

繩之以法？夏玄允只有搖頭的份，最好都市傳說是能被抓的啦！

馮千靜今天只有七堂課，結束後拎著遲來的午餐走到社團辦公室，他們的社團佔用了兩間大教室，她站在門口看著刻有「都市傳說社」字樣的木頭牌匾，只想把它拆下來燒了。

「這麼喜歡我們的社團牌子？」郭岳洋在後頭笑吟吟的，「很漂亮的字吧！夏天請有名的書法家寫的！」

「喜歡？超喜歡的，喜歡這個色澤還有討人厭的檀香氣味。」馮千靜沒好氣的瞪著他，「你們眞的不打算換掉？這可是『第十三個書架』的木塊！」

「這才有象徵意義啊！」郭岳洋很認眞的說著，「妳不知道多少人都來這邊拍照！這塊木頭是活生生的都市傳說！」

馮千靜實在很想扳過郭岳洋的頭，把他的臉往木匾上壓去，然後希望木匾裡頭鑽出一條蟲，朝他耳朵裡鑽去，他就會明白「第十三個書架」有多惹人厭！

推開門，她立刻愣住了，還以爲自己走錯地方。

裡面滿滿的都是人，以前社辦有五個人就拍手鼓掌了，現在裡頭擠成這樣是怎麼回事啊？

「啊！我們的元老級社員，馮千靜！」夏玄允立刻看向門口，「大家鼓掌歡迎！」

不不不！馮千靜連忙想舉手制止，無奈如雷掌聲已經響起。

「噢噢噢!!是馮千靜耶！」

「對啊，她超勇敢的，聽說紅衣小女孩時是她發現山坡上的屍體耶！」

馮千靜受不了這種注目，忙著想找地方躲，正想著是不是要扭頭就走時，毛穎德如及時雨般出動，立刻拉過她，一邊暗示大家不要再拍手了，連忙把她往社辦深處的櫃子後方推去。

「要死了！」一到後面她就用嘴型說著，「夏玄允找死嗎？我最近練習得正不順！」

「好好，晚上妳愛怎麼折他就折！」毛穎德安撫著她的情緒，馮千靜最近脾氣很大，應該是壓力沉重的關係。「這邊大家都看不見妳，我特地幫妳開闢的區域，怎麼樣？」

呼，馮千靜環顧四周，毛穎德仿照過去的舊社辦，以前都市傳說社跟大社團同一間，被人用鐵櫃隔出一小長條空間當社辦，正式社員才三個本已足夠，隱密性也十足。

只是現在社辦變大了，他還刻意保留這樣的空間，倒叫她安心許多。

「謝了！」她坐下，頭往外撇，「在開社員大會？」

「沒，只是一些好奇熱心的人來問，夏天就順便跟他們聊聊……喂，我說妳戴口罩幹嘛？這時機很嚇人。」

「預防感冒啊先生！我要比賽了耶！」馮千靜這才摘下口罩，把保鮮盒拿上來，「社辦這麼多人，我應該也要戴著口罩吃飯的。」

順手從口袋裡摸出護唇膏往嘴上一抹，戴著口罩總會磨到唇乾，她下次有機會應該看看裂嘴女的唇，嘴角裂之外，嘴唇是不是也一樣乾裂，呿。

「中午吃這個？」毛穎德幫她打開飯盒，只看見生菜雞肉沙拉。

「嗯啊！」她一臉無奈，「比賽完後我可以放縱一下下。」這完全是爲了比賽的餐點，專業營養師量身打造，每天都吃一樣的東西，她比誰都膩好嗎！

「我是在高中附近的商場遇到的，幸好我一直都有看社團的公告！」有女生在說話，「她攔住我時，我立刻就拿髮膠噴過去了！」

「她立刻就跑了嗎？」夏玄允緊張的問。

「對，但是她很生氣耶，對著我大吼大叫，不過是她先跑我才跑的！」女學生心有餘悸的說，「我記得社團公告說不能先逃走！」

「對對，妳做得很好，幸好沒事……」郭岳洋給予強力的支持，「能幫一個是一個！」

「我們系上已經叫大家要留意了，盡量不要落單，不要理睬、靠近戴口罩的女性……還叫我們盡量不要戴口罩。」

「我弟是陽穗高中的，學校已經做好停課的打算了耶！」

停課？已經這麼嚴重了嗎？馮千靜塞入一口花椰菜，好奇的轉著眼珠子，桌下的腳踢踢毛穎德。

好啦！他站起身繞出鐵櫃，「還有人再受傷嗎？否則怎麼會想停課？」

「啊……就是預防有人再重傷。」學生回首看向他，「沒人想擔這個責任啊！萬一裂嘴女的事不止息，有家長會說就是因為不停課，學生非去上課不可，才給裂嘴女機會。」

「所以大家都相信有裂嘴女？」毛穎德挺好奇的。

「信！幹嘛不信！已經三個人了耶！」有男生一臉遇過的樣子，「不管男女都有人遇過，而且還殺了個小孩，警方不是說抓不到凶手嗎？監視器都沒影像，這還不信嗎！」

「說不定是利用死角，但是誰敢冒險啊！」有人揚聲，「現在大家根本都是驚弓之鳥，唯一解決之道，只有裂嘴女消失而已。」

「消失啊……這麼容易就好了。」毛穎德喃喃說著。

「毛穎德，聽說裂嘴女是有目標的不是嗎？」比較資深的社員黃宏亮開口，「你們知道目標是什麼了嗎？」

嘖！裡頭的馮千靜忍不住翻了個白眼，夏天實在很多嘴耶！

同時間毛穎德瞪向夏玄允，只見他掛滿微笑，雖然叫他不要說，但他依舊認為大家有知的權利！因為大家都在外面走啊，隨時都有可能會遇上裂嘴女，這次可不是小孩子的專利啊！

「我們還在過濾，這是昨晚才知道的事，我們需要時間。」毛穎德從容的說著，「裂嘴女對著王慈薇喊老師後才下手，她是故意到電影院去攻擊王慈薇的，所以我認爲她是有目的而爲。」

郭岳洋突然站起身，立刻把靠牆的白板翻過來，新社辦新設備，看在這幾次幫大家解決都市傳說的份上，學校的補助倒是沒有吝嗇；郭岳洋跟夏天在上頭寫了一些這次相關的事件，最新進度UPDATE到目標取向。

「我跟夏天昨晚也討論過這個問題，是不是王慈薇以前的學生？或是以前結怨的家長？所以才找小晴跟王慈薇下手？」郭岳洋指著王慈薇的名字，「但是王慈薇才二十五歲，一畢業就是在這間幼稚園教書，風評良好，沒有跟家長結過怨。」

「硬要算的話，就是小晴他爸媽了。」夏玄允做了個差勁的補充。

「謝淳涵他們也問了警衛，王慈薇相當受歡迎，不只對班上學生好，其他小朋友也很喜歡她。」毛穎德上前，「這樣的推斷沒有依據，再說了，還有第一個受害者蕭妤珊。」

紅筆圈在蕭妤珊的名字邊，她距王慈薇的名字隔了好一段距離，因爲那是在陽穗高中那個區塊。

「除非蕭妤珊、王慈薇跟小晴之間有什麼關聯！」毛穎德指著三個名字，「但是就我認識的高中生告訴我們，蕭妤珊根本不認識什麼王慈薇跟小晴。」

「你認識的高中生就是關聯。」

鐵櫃後，傳來吃飽女孩的聲音，毛穎德皺眉直視十二點鐘方向，馮千靜還沒放過謝淳涵？

一頭獅子亂髮的女孩走出來，馮千靜扶了扶眼鏡，從容不迫的往他走來，毛穎德不悅的與之對望，她倒是銳利的迎視，走到他面前一把抽過他手中的筆。

「謝淳涵，就是關聯，她跟每個人都認識！」馮千靜把白板轉到另一面空白，依序寫上受害者跟謝淳涵、林平悅、起子跟成太的名字，「連連看，每條線都可以連到謝淳涵，毛穎德。」

「跟謝淳涵無關！她不會去傷害自己妹妹！」毛穎德厲聲說著。

「誰說她會傷害妹妹了！我是說跟她有關！」馮千靜揚高了分貝，「要查的是她，她跟大家都有關聯，還有——我說都知道目標取向了，你們還愣在這裡做什麼？」

嗯？一票社員眨眨眼，林詩倪不明所以，「我們不知道……目標是什麼啊！」

「什麼是目標？目標是拿來達成或是擊敗用的，現在這個例子就是擊敗！裂嘴女設定了目標，所以一再攻擊，不管殺還是剪開臉頰都一樣！」馮千靜說起話來突然鏗鏘有力，「如果你們想擊敗一個目標，你們會做什麼功課？」

社員們面面相覷，好不容易大角學長迸出一句：「她的弱點？」

「裂嘴女爲什麼徘徊在陽穗高中的附近，這附近也有幼稚園、小學跟國中，卻偏找這所高中的學生？」馮千靜把白板再轉到夏天畫的區域圖，「而六站之外，卻只待過小晴的幼稚園，完全沒去過其他地方。」

毛穎德望著裂嘴女在各區域的圖，瞇起眼思忖著，跟著拿起綠色的筆，「大家之前不是統計過裂嘴女出沒的地方，要再加上我們學校的月台，我跟馮千靜都遇過！」

「咦——」現場傳來詫異的驚呼聲。

「但也有少數不是在幼稚園、也不是在陽穗高中的例子！」夏玄允提出反駁，「你們兩個遇到的就不是！」

「對，所以我們要找出共同點。」馮千靜看向郭岳洋，「依照地點、年齡或是身分做成圓餅圖，至少可以看出一個比例！這個裂嘴女沒有這麼單純，打從她一出現就是有目的的。」

「一出現的話……」女孩不由得蹙眉，「第一個受害者是蕭妤珊，所以她一開始是鎖定那個女生？還是那所高中？」

馮千靜瞥了毛穎德一眼，裂嘴女是從陽穗高中附近出現的，並不是從小晴的幼稚園。而整個都市傳說社因爲地緣關係，所以都只在幼稚園附近晃而已。

「好，我去一趟陽穗高中。」毛穎德立刻放下筆，疾步往鐵櫃後方走去。

「我也去，剛剛說的麻煩你們統整。」馮千靜看著夏玄允，「先統整，不要輕舉妄動好嗎？」

「我是那種人嗎？」夏玄允一臉受傷害的說著。

馮千靜懶得回他，一扯嘴角就撇頭跟在毛穎德身後走回鐵櫃後，整裝出發，郭岳洋望著白板上多出來一堆線條，的確有必要再重新思考一番。

「夏天。」郭岳洋認眞的看著他，「我們安份點嘛！」

夏玄允一雙眼渴望的看著從鐵櫃後走出來的兩人，他們穿上外套揹著包包就要離開，他一顆心癢得很，好想跟喔！

但是小靜說得沒錯啊，不找出共同點的話，就不知道裂嘴女下個目標是什麼！

絕對絕對有交錯的點，他們必須找出那個關鍵。

「唉！」夏玄允一臉世界末日的模樣，「看在小靜救了我這麼多次的份上，我只能乖乖的了。」

「重點是不可以——」

「妨礙她比賽，我耳朵都要長繭了啦！」夏玄允噘起嘴來，「幹嘛說得一副我行動就會妨礙她似的！」

郭岳洋抿著唇盯著他，明明就會嘛！

「毛毛，小心點喔！」門關上前，夏玄允趕緊交代。

毛穎德朝他頷首，將門小心翼翼的關上。

一正首，前頭的女生用一種曖昧的眼神笑看著他，「幹嘛？」

「小心點喔！」馮千靜難得用女孩子嬌媚的口吻說著，「噢，眞貼心！」

「煩不煩啊妳！」毛穎德伸手抓住她的背包，「吃味了是吧，走，我們回去！我叫他也跟妳說一次。」

馮千靜忽地俐落一扭肩頭，讓右邊背包瞬間滑落，旋過腳跟就反利用背包向毛穎德的喉嚨抵去。

「喂！」毛穎德倒也眼明手快，及時擋住她撲來的攻勢，「留點氣力好嗎！晚上不是要拿夏玄允當練習沙包？」

哼！馮千靜勾起嘴角，重新揹回背包。

「要不要來賭一把？」等待電梯時，馮千靜突然回頭望向毛穎德，神祕兮兮。

「賭什麼？」

「賭今天會不會遇上裂嘴女。」她雙眼熠熠有光。

「誰跟妳賭這個！最好是不要遇到！」毛穎德沒好氣的唸著，「我希望她就此消失。」

電梯抵達，馮千靜一步走了進去，直接走到底，突然對著鏡子呵氣，呼出一片水霧後，她在鏡子上面用食指寫字：

左邊王慈薇，以圈框起，右邊蕭妤珊也以圈框起，上面是小晴，再以圈框起，三個圈中間交會出一個圈。

昂起頭，她望著毛穎德。

毛穎德緊擰著眉，那交會的空白只能填入一個名字：謝淳涵！

匆匆忙忙的趕到陽穗高中外頭，僅差十分鐘就放學了，馮千靜跟毛穎德用跑百米的速度衝出輕軌站，往學校衝去；這種時候毛穎德就深刻體認到馮千靜真的是運動家，每次這樣上山下海，永遠臉不紅氣不喘。

「幸好來得及。」她一發現還沒放學就緩下腳步，手往口袋摸去，「嘖！」

皺眉看著手機，看來又是有令人心煩的簡訊，毛穎德逕自往前走，今天無論如何得陪謝淳涵到家。

「有完沒完啊！」馮千靜低咒著，把手機收進口袋。

「不會今天要趕回去練習吧？」她的練習場在市中心，來回也要花上一個小時。

「沒有，說好了上學期間不回練習場，我在家不會間斷練習。」馮千靜沒好氣的歪著嘴，「友誼賽的對手很煩，老喜歡傳一些挑釁的東西過來。」

「……那不是後輩嗎？」毛穎德有點吃驚，「還沒打就在挑釁？」

「少年得志吧，動不動就傳她練習照片給我，看起來像是在問候，裡面都藏著諷刺。」馮千靜無奈的扯平嘴角，「什麼好期待快點跟前輩比賽、差兩歲會有多少的差距呢？我今天的練習成績就超過前輩當年奪冠的成績……啪啦啪啦的煩死人了。」

毛穎德有點瞠目，「妳乾脆封鎖她吧？」

「不成。」她眼鏡下的雙眼瞇起，「這樣子會落話柄，說我瞧不起她，畏懼後浪。」

「呿，才幾歲世界這麼黑暗。」毛穎德連忙搖頭，「還是平凡的大學生活好。」

「平凡？」馮千靜忍不住笑了起來，「平凡我們跑到這裡幹什麼啊？」

最好是一般大學生動不動就在跟都市傳說槓上的啦！毛穎德先是怔了幾秒，旋即也會心一笑，是啊……爲了裂嘴女他們才急忙跑到這裡來，就是擔心謝淳涵出事。

兩個人徐步走著，不打算站在校門前太過顯眼，所以決定站在對面，這樣也好全面看到所有學生，以免錯過謝淳涵；一路朝著校門口的馬路正對面走去，陽穗高中的對面是行道樹與人行道，恰巧沒什麼建築。

毛穎德忽而一顫，急忙打橫手臂止住馮千靜的前行。

這種警戒模式馮千靜知之甚詳，她立刻順著他的眼神往前方看去，前面出了什麼事嗎？

寬敞的馬路，校門口塞滿來接孩子的孝子孝女，附近攤販出車，舉凡蘿蔔糕、炸雞排、雞蛋糕都出籠了，然後……有個穿著黑色外套的單薄身影就站在校門口前方，家長堆裡，戴著一向熟悉的口罩，望著學校。

裂嘴女。

毛穎德下意識後退，馮千靜跟著往後，他們不動聲色的躲到一台發財車旁，悄悄的偷窺著站在那兒的裂嘴女。

「好專注的眼神。」馮千靜喃喃說著，「有這麼早就出現的嗎？」

「我還沒聽說會等人的。」毛穎德嘖了一聲，看看那赤裸著的雙腳，怎麼樣都詭異。

「目標取向的，當然可以先等著……」馮千靜只是不太理解，為什麼那裂嘴女是用一種特別的眼神望著學校。

鈴——下課鐘聲響起，裂嘴女微微抬首，朝前踏出一小步，但跟著又收回下顎，定住不動。

毛穎德此時正在傳LINE給謝淳涵，希望她一放學就開網路，至少知道他在校門口等她啊！馮千靜目不轉睛的打量著裂嘴女，現在的她跟雕像似的……馮千靜摸出口袋裡的手機，監視器拍不到的話，不知道偷拍能不能拍到呢？

她躲在發財車尾，悄悄伸長手，還先確認已經關掉閃光燈，使用五秒自動拍攝……五、四、三、二、一。

「妳幹嘛？」傳完LINE的毛穎德看見她詭異的動作。

「偷拍看能不能成功。」她挑眉將手機轉了過來。

螢幕上映著一張大大的臉龐，一雙不像人類的眼睛有著兩圈光暈，金紅交雜的瞪著鏡頭——那根本是站在鏡頭前拍的，就在她伸手可及之處！

毛穎德立刻將靠近馬路的馮千靜往後扯去，戒慎恐懼的往她剛偷拍的方向望去。

發財車旁沒有人，事實上剛剛裂嘴女站著的地方也已經不見人影。

「她知道妳在偷拍她。」毛穎德嚴肅的擰眉，回首看著她，「這麼近，她根本就站在……」

馮千靜心跳得疾速，冷汗涔涔，望著手機裡帶著怒意的雙眸，眞厲害啊！這樣也知道她在偷拍！

「她該不會知道我們來的……或是認得我們吧？」馮千靜狐疑的做了大膽推測，「否則這邊這麼多人，爲什麼獨獨留意我們？」

毛穎德凝重的瞅著她，眞是大膽又令人不快的假設，偏偏他一時還找不到立足點去反駁她！其一，他們都遇過裂嘴女；其二，更別說他還跟裂嘴女對槓過兩次，一次是救小晴，一次是在月台上把她往鐵軌下騙去。

「我希望不要。」他湊到她身邊，看著那張照片，「刪了吧，我看了怪不舒服的。」

「不要。」馮千靜搖搖手機，「別開玩笑了，這可是唯一拍得到的照片。」

「眞不知道該說妳膽子大還是……唉！」毛穎德知道勸阻無效，只能搖頭。

「我膽子並不大，我只是不能接受姑息這種傢伙，監視器如果都拍不到的話，章警官需要照片。」她一臉難色，「誰喜歡留這種照片在手機裡啊拜託！」

半夜不小心看到豈不嚇死！剛剛照片顯示出裂嘴女正望著鏡頭，離她如此之近時，她的心臟也漏掉半拍啊！只是平時訊練有素，造成她凡事都冷靜沉著、不慌不忙……換句話說就是連尖叫都會慢半拍就是了。

「學生出來了！」毛穎德看向十一點鐘方向的校門，手裡緊緊握著手機，期待謝淳涵的已讀。

人山人海的學生衝出校門，謝淳涵倒是一直沒有已讀訊息，馮千靜不耐煩的叫他打電話！

「手機是拿來打電話的，怎麼大家再緊急也喜歡用LINE啊！」她咕噥著，「這是手機又不是電腦，本末倒置！」

是喔！毛穎德深有同感，與其一直在這裡焦急等待謝淳涵已讀，爲什麼不直接撥電話呢？她一定會開機的！

這招果然立刻見效，謝淳涵接到毛穎德的電話時顯得很吃驚，他們約在校門口邊見面，又是一群黏在一起的高中生。

「老師！你怎麼跑來了？」謝淳涵顯得很吃驚，「發生什麼事了嗎？」

「沒有，只是剛好在這附近，想說妳剛好放學過來瞧瞧……」毛穎德謅起謊來倒也自然，「大家都好嗎？」

「很好啊！」林平悅轉著眼珠子，帶著狐疑的打量他們，「好奇怪喔，應該發生什麼事吧？」

「喂，林平悅妳少在那邊烏鴉嘴！」成太沒好氣的戳戳她，「人家老師是關心！」

「我覺得稀客，奇怪嘛！」林平悅心思倒細膩，其實還眞給她猜中了，但是馮千靜跟毛穎德只顧著端笑臉。

高中生在一起熱鬧極了，倒是沒有太大的恐懼感，他們也爲了陪伴謝淳涵度過悲傷期，個個相挺，今晚還要到謝淳涵家去煮火鍋，就因爲謝淳涵爸媽爲了小晴的事得外出，所以他們要陪伴。

毛穎德交代著顧全謝淳涵很好，不過自己回家時可得小心，學生們信誓旦旦說自己有萬全準備，應對之策背得滾瓜爛熟。

「老師有查到爲什麼裂嘴女要攻擊王老師嗎？」起子沒忘記昨晚的事，「我們昨天幫忙問到的事有幫助嗎？」

「有，任何一點蛛絲馬跡都有幫助。」毛穎德抱持正向肯定，「我們正在統整目標的共同點，總覺得裂嘴女有刻意挑選對象。」

只是很遺憾，王老師完全清醒後，卻把她曾以生靈之姿看過他、甚至說的話忘得一乾二淨！否則毛穎德好想問那句「她不會停手的，在……之前……她好像……」是什麼啊！

「啊！」林平悅趕緊從書包裡拿出一個粉紅色的筆記本，外頭還是阿朗基的圖案，甚是可愛，「昨天我們跟陳警衛聊完天又跑去找王老師，順便好奇多問了一些問題！」

她攤開筆記本，遞給毛穎德。

一票人浩浩蕩蕩的一起搭輕軌坐回幼稚園那站，再一塊兒去附近的超市買火鍋的食材，人一多就沒有那種恐懼或是淒涼感。

「黑色外套、黑色半長髮，這跟那天小晴的目擊是一樣的。」馮千靜看著王慈薇的回憶，「剪刀是安全剪刀的，又是安全剪刀？」

她又下意識用舌尖從口腔內抵著嘴角邊的臉頰肌膚，這種厚度要剪到何時啊？

「我以爲她剪刀是隨手取得的，小晴那時用的是安全剪刀，就放在教室裡。」

毛穎德覺得很詭異，「但是她對付王老師也一樣用安全剪刀？可是蕭妤珊的傷口卻是一次性的？」

「忘了，找人問……」馮千靜一抬頭，卻發現就他們兩個站在超市入口盯著筆記本，其他人早就鳥獸散了。

恰好起子推著車子溜過，籃子裡就放五盒肉。

「起子！」毛穎德連忙拉住他，「你負責買肉啊？吃這麼多？」

「沒有，大家分別挑自己愛吃的！」起子眉開眼笑，很期待吃火鍋的樣子。「我還要去拿丸子！」

「等等……你知道蕭妤珊的事嗎？」

提到蕭妤珊，起子的笑容就消失了，默默點頭，「老師想問什麼？」

「因爲沒辦法問她，只好問你，抱歉！」毛穎德看得出他的難過，「蕭妤珊臉頰的傷口你瞧過嗎？是一次剪還是分段？」

起子皺眉，在思考這樣的問題，馮千靜見狀立刻抽出筆，拿過筆記本的空白處，大略的劃了線條。

「這樣了，一個是一直線、再有個中斷或轉折，還是……一小段一小段覺得都有中斷？」馮千靜畫了示意圖。

「一大段是直的。」起子毫不猶豫指著第一張圖，手指往眼珠正下方比，「我記得很清楚，第一道好直，直接到這兒，再往後還有一小段。」

「第一道就到眼珠下方!?這麼長？」毛穎德倒抽一口氣，「天哪！這到顴骨了！」

「眞的快裂到耳邊的感覺啊……」馮千靜也端詳著起子比著一刀剪開還是很怕。

「所以蕭妤珊才會那麼難過啊，而且她傷口一直好不了，醫生說疤痕只怕會很深！」起子露出憂傷的神色，「但是她就這樣消失，也沒想到大家會爲她擔心難過。」

「一個女孩跑不遠的，要有信心。」毛穎德趕緊加油打氣，「她會回來的！」

起子勉強擠出一個笑容，此時成太好奇的也推著車子走了過來，籃子裡一樣有五盒肉……果然是無肉不歡啊！

「怎麼了？」

「沒有啦，老師問我蕭妤珊的事。」起子簡單回著。

「蕭妤珊啊……」提到喜歡的女孩，成太眼神瞬間黯淡許多，「她一聲不吭的離家出走，搞得蕭媽媽難過，張菀芳也爲了幫忙找她好幾天沒來上課了……」

馮千靜在心裡輕嘆，好好的氣氛怎麼給弄擰了？她趕緊上前，推了起子一把，「好了！不要想不愉快的，晚上不是要火鍋趴嗎？看看你們籃子就十盒肉了，吃肉就好喔？」

咦？兩個男孩紛紛往自己籃子裡看去，「喂，你幹嘛都挑肉啦！」

「還敢說我？我要去挑貢丸了！」

「我要吃魚丸啦！」

兩個男孩推著車子，跟孩子似的還在比誰的速度快，毛穎德覺得這景象眞熟悉，上次夏玄允好像還踩在推車上……唉。

「我也想吃火鍋。」馮千靜幽幽的說著帶著悲傷的話。

「妳現在不能吃。」毛穎德幫她補充，「我們順便買點東西回去吧，妳至少可以喝蔬菜湯吧。」

馮千靜默默點頭，無奈的拿過籃子，走進超市裡。

超市相當的大，每條走道上都標示得相當清楚，分類齊全，學生們擠在生鮮區挑選青菜或海鮮，吱吱喳喳的吵成一團；馮千靜看著他們計算成本還有份量，只覺得有趣……嗯！

她忽然正首，左顧右盼。

「買紅蘿蔔回去好了！」隔壁的毛穎德正在挑選。

「欸，謝淳涵呢？」她伸手拽拽他。

什麼!?毛穎德倏地抬首，不是在跟林平悅在一起嗎？一點鐘方向、兩個冰櫃外的生鮮區，三個學生在那兒爭論哪種要比較多，女生只有林平悅——原地轉了一圈，生鮮區、魚類區都沒有另一個學生的影子。

「謝淳涵！」

第七章 恐懼

沙茶醬跟醬油都快沒了，謝淳涵繞了好幾圈，就是沒有看見，她還想買冬粉、手工麵條，以及豆皮，手上拎的籃子只找到乾的豆皮跟麵條，但沙茶醬放在哪裡呢……

蹲下身在架子上一層層搜尋，她平常愛吃的牌子就是看不見，總不會售罄了吧？

才要起身，卻突然留意到在她兩步之遙，有個工作人員正在那兒清點架上的東西。

「對不起……」她出聲，工作人員停下手邊的動作，幽幽向左轉過來。

她頭髮是隨手紮起的，疑惑的望著謝淳涵，只是臉上戴著口罩讓謝淳涵不免心頭一驚，直覺性的站起往後退。

「嗯？」工作人員也跟著站起來，留意到她的動作，緩緩把口罩摘下來。

彷彿知道近日來裂嘴女的傳聞甚囂塵上，凡是戴著口罩的女性都會讓人心驚膽顫，她主動的摘下，再望向謝淳涵。

「我想請問，沙茶醬都在這裡了嗎？」看見素淨的臉龐，謝淳涵這才放心，「我平常要找的牌子找不到，黑色包裝的。」

「哦？」工作人員蹙眉，主動趨前走向她身邊的架子，彎下腰來檢查。

「對不起我不記得牌子，就是黑色包裝，金色的字。」謝淳涵也彎下身來，

「平常都是放在這裡的啊……」

「嗯啊……」工作人員的手指在瓶瓶罐罐的沙茶醬上遊移，謝淳涵跟著探索，卻忍不住瞧見那髒污不堪的手指。

有些狐疑，這手也太髒了吧，好像是挖過泥巴似的？

才在想著，工作人員倏地轉過來望著她，兩人距離近到差點就貼上謝淳涵的鼻尖，她嚇得直起身子，細叫一聲。

嚇死她了！謝淳涵緊繃著身子，這女人幹嘛突然轉過來啊？

「我漂亮嗎？」工作人員忽然歪了頭，挑起一抹淺笑。

什麼!?謝淳涵嚇得緊握粉拳，這是在開什麼玩笑啊！「這種惡作劇、很很差勁！」

「是嗎？」工作人員聳了聳肩，卻又逼上前一步，「我只是想問妳，我漂亮嗎？」

太過分了！明知道裂嘴女的事正在傳，還莫名其妙開這種玩笑！看這工作人員年紀也很輕，一臉稚氣，是打工的嗎？這種時刻開玩笑應該要有分寸吧！

緊咬著唇，她寧可不買了，扭頭就走。

電光石火間，工作人員竟抓住她的手，不但不讓她離開，還把她往自己身前抓來。

「呀——妳幹嘛!?」謝淳涵驚叫一聲，「放手!」

「我這樣漂亮嗎?」工作人員雙目灼灼的望著她，露出一種凶狠的眼神，卻揚起囂張似的笑容。

只是她揚起的嘴角突然越來越開，臉頰彷彿是一層假面具一般，嘴角竟往臉頰一路龜裂……越裂越長越裂越大，左右兩邊的裂痕一路往耳朵延伸，一轉眼一張大大的裂嘴就在她的眼前了!

居然是裂嘴女!

「這樣呢?」她一字一字問著，用那已經龜裂完畢的駭人大嘴說著，「漂亮嗎?」

那張嘴根本佔去她臉龐的一半，嘴裡瀰漫出一股腐臭味!

「我……」謝淳涵力持鎮靜，但是她的手正被裂嘴女抓著啊!「我、我不知道!」

應對方法一：模稜兩可的答案。

「漂亮還是不漂亮?」裂嘴女益發凶狠，握著她的手使勁捏緊。

謝淳涵哭了出來，她顫抖著左手往口袋裡摸，糖……她們隨身都要帶糖的！一抽出手，把糖果往裂嘴女丟去。

「請妳吃糖！」她沒有忘記，第一次看到裂嘴女那天，老師跟他同學是這樣對裂嘴女的！

「少敷衍我——」裂嘴女突然動手，怒不可遏的將謝淳涵往架子上撞去，「我到底有沒有變漂亮——」

「哇啊！」謝淳涵整個人背後往架上撞擊，層架上的東西都咚咚落地，裂嘴女的左手曾幾何時已經飛快的箝住謝淳涵下巴，逼得她張開嘴。

這樣，她就能把右手持著的剪刀伸進去！

「喂。」

裂嘴女身後突然有人拍了拍她的肩，謝淳涵淚眼朦朧的斜看著裂嘴女的身後，就見毛穎德手拿著一罐剛從架上拿下的新鮮髮膠，直接就對著她噴了下去。

「嘶」的聲音傳來，裂嘴女表情立即驚恐，嚇得瞬間抽手！

當剪刀從謝淳涵嘴裡抽出的瞬間，馮千靜立刻出現在謝淳涵身後，即刻拉過她往遠處推離！

「快走！」她喊著，手裡竟也拿著一罐髮膠。

這兒是超市，髮膠應有盡有對吧！搖一搖，立刻就當殺蟲劑般往裂嘴女頭上噴下去。

「哇啊——住手住手！」裂嘴女歇斯底里的叫著，那張嘴巴怎麼看都覺得好可怕，「我不像媽媽！我不要噴髮膠！我不要——」

什麼？看著裂嘴女，馮千靜跟毛穎德都聽見了，他們面面相覷，第一次聽見裂嘴女說出新鮮的語句。

裂嘴女狼狽的又叫又跳，抱著頭不停的閃躲髮膠攻勢，他們倆一前一後包抄，她怎麼躲，他們就怎麼噴，不讓她有任何閃躲的機會；馮千靜一邊按著髮膠，一邊留意著她右手始終握著不放的剪刀，眞怕隨時會朝她嘴巴刺進來！

「我不要我不要！」裂嘴女歇斯底里的尖叫著，「爸——」

爸？馮千靜一怔，裂嘴女卻突然往左邊的層架衝去，毛穎德竟下意識的上前抓握——

片段的場景出現，一樣歇斯底里抱頭尖叫的女孩，她站在梳妝鏡前，一邊尖叫一邊閃躲一邊跺著腳，有個人在她旁邊噴灑著髮膠，她滿頭亂髮狼狽的看著鏡子裡的自己，哭嚎不已。

『我跟媽媽不一樣！我才不像她！』女孩怒吼著，但是有一隻大手抓住了她

的頭髮，『爸不要！求求你！』

拿著髮膠的手曾幾何時變成剪刀，開始粗暴的剪著她的頭髮，毛穎德看著鏡子裡的女孩，臉被蓬亂的頭髮遮住，只能看見她嚎哭悲傷的神情，剪刀在她頭髮上亂剪著，她一邊掙扎、一邊被揮著巴掌。

尖叫求饒聲不止，下一秒突然一震，她整張臉被推撞上鏡子，鏡子應聲而碎，綻出蜘蛛網狀的裂痕。

然後是什麼都消失，只剩下模糊的建築物，許多學生走了過來，高中生笑語不斷的走在路上，接著清晰的是學校建築：陽穗高中。

建築突然又變得模糊不清，取而代之的是另一個較矮平的建築，長長的巷子裡是稚嫩的聲音，小小的孩子踩上父母摩托車的前頭，開心的放學離開，跟老師揮手道別。

然後是輕軌月台上的學生、美妝店、高中男生……還有……

「毛穎德！」伴隨著大叫，馮千靜一個手刀往他手腕劈下。

唔！毛穎德倏地回神，一清醒只看見那血盆大口幾乎要罩住他整張臉，一把銀晃晃的剪刀正在頰邊。

他不假思索的把右手的髮膠朝裂嘴女的大嘴裡噴去，再直接整罐塞進她嘴裡。

「啊啊——」髮膠塞進那張大嘴裡，空間居然綽綽有餘，裂嘴女瘋狂的到處亂撞，馮千靜連忙閃避，望著她的模樣，眞有種嘴巴即將全數裂開的錯覺。

紛亂吵雜，果然有店員跑了過來，而裂嘴女在連續撞擊後，在下個彎道後消失得無影無蹤。

「怎麼回事？在幹什麼啊？」工讀店員一過來看見滿地瘡痍就破口大罵，「你們在超市裡玩嗎？幹！」

「喂！嘴巴放乾淨一點，我們會負責賠償！」馮千靜依然緊緊握著髮膠罐，忍不住瞪向工讀生，話可以好好說，一過來就譙人是怎樣！

論火大她現在也很火大啊，裂嘴女連超市都進來了，亂七八糟的現場都是她搞的，他們還要被罵，這有沒有道理啊？對，這個根本無法解釋，所以她更火大。

毛穎德只感到頭痛欲裂，他痛苦得蹲了下來，渾身發冷不說，覺得有人在撕扯他的神經。

「麻煩請你們主管出來！我跟他談賠償事宜。」馮千靜對著工讀生說，趕緊滑到毛穎德面前蹲下，「別嚇人啊，怎麼了？」

「頭痛！」他難受的說著，「那個裂嘴女……不是人。」

「啊不就好棒棒？」馮千靜沒好氣的唸著，「誰都知道她不是人！」

毛穎德緊緊皺眉望著她，使了個眼色：不、是、人。

「那個？」馮千靜愣住了，「是那、個？」

好兄弟!?但那不是應該是都市傳說嗎？

「不是全部都是那、個，只是我剛剛覺得有飄兄弟的存在……」毛穎德認眞的抽氣，「我需要吃點熱的甜食，休息一下。」

「等等就去。」馮千靜打量著他蒼白的臉色，額上全是冷汗，「你剛剛是怎麼了？居然完全不反抗？她差一點點就要剪你的嘴了！」

「我剛剛……」毛穎德錯愕，「發生了什麼事？」

被他一問，馮千靜還傻了，「你是靈魂出竅嗎？剛剛多可怕啊！」

裂嘴女正在暴走，毛穎德居然一步上前拉住她，對這行爲舉動感到又驚又懼的馮千靜來不及喊什麼，裂嘴女果然立刻回身，動作行雲流水，快到她覺得有殘影，舉起被毛穎德握住的手反制，張大裂開的嘴要咬下他的鼻頭，右手的剪刀直接往臉頰刺去。

毛穎德卻呆然毫無反應，她情急之下大喊，他才回神。

短短幾秒時間，她覺得漫長得令人虛脫……馮千靜緩緩看向自己的右手，她的指節因用力而泛白，就算到現在還使勁扣著髮膠罐不放，微微顫抖著。

「老師！」成太跟起子他們分別拿著掃把跟鐵搥過來，慌慌張張。

毛穎德皺眉，「拿那個幹什麼！擺回去……去陪謝淳涵，現在誰在謝淳涵身邊？」

「林平悅在！」成太緊張的回應。

「這邊沒事了，你們都去陪在謝淳涵身邊……東西買買結帳去。」毛穎德擺擺手，謝淳涵在林平悅的陪伴下緩步走來，站在一地雜物的走道口，揪著雙手不知如何是好。

她不明白，爲什麼裂嘴女要找她？

「老師……」謝淳涵哽咽的呼喚。

毛穎德才要開口，就被馮千靜按壓雙肩，迫使他坐在地上，她從容起身，看著自己的右手，深呼吸一口氣後，才張開手掌，髮膠罐鏗鏘落地，她逕自包握著右手，依然能感覺到無法克制的顫意。

「身上有帶髮膠嗎？」她走向謝淳涵，「兩樣都要帶，裂嘴女不是只單靠一樣就能驅走的，無論如何都不要落單。」

謝淳涵點著頭，林平悅跟著抹淚，「髮膠都在書包裡，會來不及拿……」

「想個來得及拿的方式吧！」馮千靜打斷她的話語，「毛穎德沒事，我要跟店經理談賠償事宜，你們先把東西拿去結帳……振作點，都躲過了怕什麼！這時候才應該要大吃大喝！」

高中生面露驚恐的望著她，毛老師的朋友看起來很文靜內向，說起話來居然這麼有力道。

「裂嘴女是故意找謝淳涵的嗎？」林平悅一臉驚恐，「那我……」

「髮膠跟糖果帶著就行了！」馮千靜催促著，「每個應對方法都記熟，反應要快，不管她長得多可怕，一定要先冷靜應對。」

其實最簡單的：我有約了，就能讓她遲疑，但人們往往看到她那模樣就傻了。

最令馮千靜不可思議的是，裂嘴女剛剛居然還僞裝成店員接近謝淳涵！她跟毛穎德恰巧經過附近，原本聽見店員說話，怎知下一刻就聽見謝淳涵的尖叫聲與撞擊聲，罐頭滾動，素顏的店員一瞬間嘴角裂至耳下，這太驚人了！

目標明確啊！某方面來說她還挺欣賞她的。

學生們緊緊黏在一起，火速結帳，適才歡樂的氣氛消失無蹤，馮千靜因此更加厭惡裂嘴女了，看看她怎麼搞砸人家快樂的火鍋宴！

店長焦急的前來，馮千靜跟店長解釋了狀況，抱歉他們弄得這麼亂，也使用了兩瓶髮膠，加上清潔費，她決定以髮膠的五倍的價格進行賠償；店長一開始說不需要這麼多，物品沾上髮膠的並不多，主要是地板需要清掃，但馮千靜堅持工讀生清理會很辛苦，只是個心意。

其實店長也看他們是學生不忍要求太多，馮千靜覺得做人的道理要在，而且老實說，整理那區塊的工作人員心裡一定超幹的，如果一點錢能讓他們舒坦，何樂而不爲！

付完款回到架子邊時，毛穎德已經逕自起身行走了，儘管臉色依然還是難看，但他頭不再那麼痛了。

「能跟我說怎麼回事了嗎？」馮千靜主動上前，將毛穎德的右臂繞過自己，攙起他。

「在妳剛說裂嘴女反身攻擊我的那一秒，我看見別的東西。」毛穎德眉心全揪成一團，「一個被髮膠噴臉的女孩子，跟裂嘴女一樣又叫又跳，不停的被打，我懷疑是家暴；同時間看到陽穗高中、小晴的幼稚園、路上的高中生們。」

「這麼多!?是裂嘴女腦子裡的嗎？」馮千靜一邊說、一邊拿出手機，「我剛剛也在想家暴，我跟章叔聯絡！」

「等等等等！」毛穎德連忙壓下她手機，「沒頭沒尾的要怎麼找？拜託章警官的話目標得明確。」

「又是目標？」馮千靜咬著唇思考，「好，家暴的女人？女孩？你看見屋子了，長怎樣？又高中又幼稚園，住附近嗎？」

住附近未免也太遠，六站耶！

「國中生，臉還帶著稚氣，至少在這六站範圍內，家暴的例子……但萬一沒通報的話，找輟學生。」毛穎德不適的深吸一口氣，馮千靜連忙拍拍他的背。

「你不要想，我來引導，前面就有湯圓店，再幾步就到了。」步出超市門口，高中生們竟在門口等待著他們。

「老師你沒事吧？」謝淳涵也看得出他臉色有多難看。

「回去啊，大吃特吃，遇過了可能再遇到的機會不大喔！」毛穎德說著沒實證的話，「但所有防備措施都要顧到，不妨吃飯時做個演練！」

謝淳涵不停啜泣，雙肩顫抖不已，「謝謝你們，謝謝……」

「好了，快回去吧！」馮千靜趕人了，他們還有重要的事要談嘛！

裂嘴女今天錯過了謝淳涵，難保稍晚不會再去找別人啊！

高中生們禮貌的行禮離開，男孩子故做調皮的炒熱氣氛，也是不想讓氣氛低迷。出了超市後，他們分別往不同方向走，高中生們往謝淳涵家裡，馮千靜則攙著毛穎德蹣跚的朝紅豆湯圓店前進。

「十三到十六歲範圍，中輟生，有家暴現象，休學跟離家出走的應該也要一起找。」馮千靜邊走邊條列式列出條件，「還有什麼要素嗎？黑髮，大概一百五十五？身材纖細……」

「還有失蹤。」毛穎德沉重的說著，「離家出走或是休學的，都要針對杳無音訊的。」

裂嘴女的手與腳都是泥濘，但不僅僅只是沾上而已，還是徒手挖過，或是長時間浸在泥土裡，而且裂嘴女這時候出現，加上他剛剛感覺到的影像，只怕……凶多吉少。

「死了嗎？」馮千靜幽幽問著，仔細想也該知道。

接下來的幾十步路他們之間瀰漫著沉默，直到扶著毛穎德坐進了紅豆湯圓店，馮千靜點好湯圓後便拿著手機到外頭，她剛剛也沒有錯過裂嘴女瘋狂的叫聲，那盈滿驚恐與痛苦，喊著「爸爸，不要這樣！」。

「喂，章叔，我千靜，我有件事想麻煩您幫我！」

章警官是爸爸的朋友，剛好在大學這個管區，也被爸爸拜託「留意」她，不讓她在學生生活之外找麻煩！畢竟格鬥者的資本就是身體，老受傷還得了！

偏偏進入「都市傳說社」後，她根本到處是傷！

簡單迅速的跟章警官通完電話，馮千靜緩緩放下手機，這才發現自己握著手機的手竟還在顫抖……她剛剛居然如此緊張、如此的用力，晚上回去必須好好的舒緩肌肉才行。

回頭看向店裡的毛穎德，剛剛裂嘴女轉身要咬下他的臉時，她的心臟簡直就要停了。

可惡！

第八章 謎樣少女

警方出動調查幫忙，進展飛速，畢竟他們掌握較多資源，要查中輟生、休學或是失蹤人口都有正式的名單可以找尋；章警官全力幫忙，因爲事件已經延燒成一種恐慌，警方束手無策的情況下，有任何線索都不能放過。

依照毛穎德片段的記憶，章警官挑出了幾個較有可能的案子追查，因爲他形容的屋子很舊，白牆斑駁，鏡子裡倒映著打開的窗戶，窗戶可以看見陳舊的招牌，招牌是藍底白字，白字部分皆已泛黃，所以大大縮小了範圍。

星期四，馮千靜的課幾乎是一整天，她今天右手痠痛，萬萬沒想到居然是因爲一瓶髮膠……那種緊張與施力，造成了肌肉的不適，即使昨晚有做處置，似乎還是不夠周全。

第八堂課時，章警官傳了LINE進來，上面有一個簡單的地址還有時間，那是他認爲相當符合的地點；眞虧得章叔這麼信任他們，那不過是個大學生腦海裡閃過的片段畫面啊。

轉發給毛穎德，她記得他今天末兩節沒課，再看他要不要先過去。

夏天在ＦＢ社團裡又發了新動態，她每次看到新文都會皺眉，眞希望他不要每件事都發，或是跟他們討論過再發文不行嗎？搶那種新鮮度……這又不是什麼有趣的事。

圓餅圖似乎製作出來了，上午出門前郭岳洋還信心滿滿的說，他說他打算把裂嘴女曾出現的地點在地圖上標示出來，她抱以佩服及感謝。

這麼細心的活她做不來，也多虧有郭岳洋，他的統整能力眞的很強。

『等妳下課一起過去。』LINE亮了起來。『直接約輕軌。』

她悄悄瞥著手機思考著，雖然很想早點回去休息，但這種時候眞的也靜不下心，火速回了個『ＯＫ』，便趕緊將手機收妥，專心上課。

表面專心，筆記本裡卻寫了許多關於裂嘴女的事情，她對於毛穎德看到的極速影像鑽多疑問的，因爲幼稚園與高中這兩處實在難以連結。

以及目標是什麼？她又畫了好幾個圖，謝淳涵之後還有誰呢？林平悅他們嗎？成太？起子？跟蕭妤珊有關的都會遇上？還是跟王慈薇有關的？

雖然有目標比眞正的傳說好，但是找不到下個目標還是一樣令人苦惱。

每次都覺得都市傳說實在很煩，爲什麼老是在都市間遊盪，沒有一件讓她不火大的，可是撒手不管又辦不到，殺死幼稚園女孩已經很超過了，昨天在超市裡聽見裂嘴女的哭喊聲，她卻覺得揪心。

那是個無助女孩的哭喊，每一字句裡都隱藏著無限恐懼，她怕那個對著她噴髮膠的人，苦苦哀求……毛穎德說看到那女孩被抓著頭髮往鏡子上撞的模樣，也看見有人拿剪刀胡亂剪去她的頭髮，女孩依然淒厲尖叫。

還有那句「我跟媽媽不一樣！」感覺得出來她承受很大的壓力。聽到家暴馮千靜就更加不爽，暴力事件對她而言是可恥的，不管是仗著力氣大還是有技巧，隨意欺凌弱小就是不應該，有本事就來打她這種人，看看誰比較強。

家暴或是霸凌，淨找弱小者欺負的傢伙，個個都是俗辣。

裂嘴女那猙獰的模樣瞧不清年紀，但是謝淳涵正面看過，她說那是個看起來比她年紀還輕的女孩，與毛穎德看見的模樣不謀而合。

家暴、突然出現的裂嘴女，其實誰心裡都有準備，那個一直看著高中的女孩，只怕已經凶多吉少。

至此，她突然想起裂嘴女站在高中門口，凝望著的姿態，她或許不是在找尋謝淳涵，而是在看著那所高中，嚮往著高中生活。

或許，已經來不及了。

下課鐘響，她火速收拾，才站起身就在後門看見毛穎德。

「不是說在輕軌站等？」她急忙步出。

「夏天他們先去了，想先給妳看這個。」他手裡拿著張地圖，看來是郭岳洋

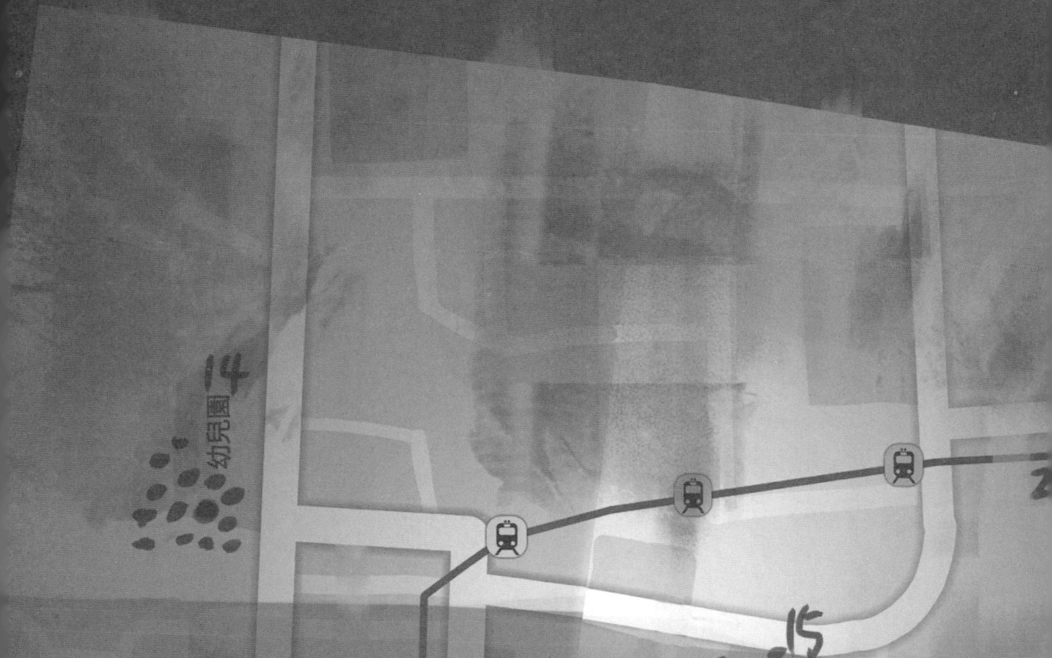
14
幼兒園
35
陽穗高中
10
15
藥妝店

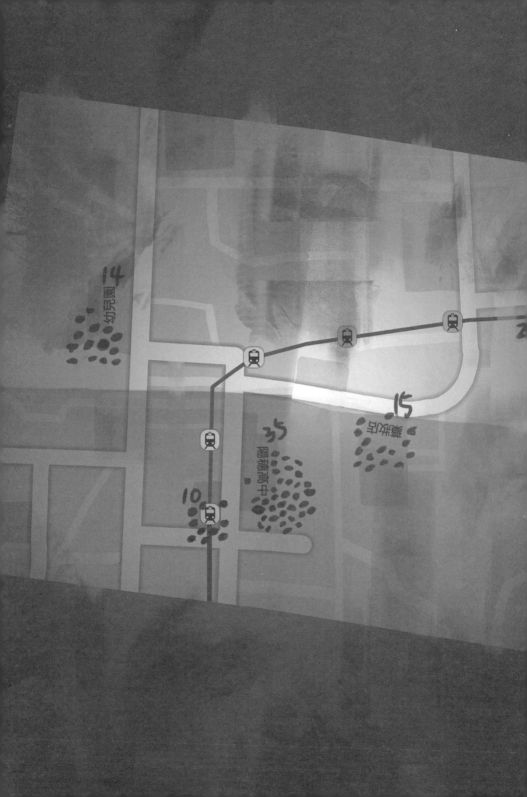

的成果。

裂嘴女出現的地方標示著黑點，有些黑點上還有數字，2？10？15？「數字是次數嗎？」

「對，出現在同一地點的次數。」

「天哪……她是集中出現的！」馮千靜詫異的看著那張裂嘴女出沒地圖。資料來源是社員們從網路及問卷中找出的資料，依照遇過裂嘴女的人事時地物做成的地圖，黑點密密麻麻的只集中在幾個地方，陽穗高中附近、小晴的幼稚園、高中附近美妝店、兩個學校的月台，僅此而已！沒有再去其他地方。

而陽穗高中出現了三十餘次，幼稚園是十餘次，月台集中在高中月台，而馮千靜遇上那次，是罕見的兩次大學月台。

「居然只有這幾個地方？」馮千靜擰著眉看向毛穎德，「美妝店？你看見的那個嗎？」

「可能性很大。」毛穎德抿著唇，「我打算去那附近找找。」

「我有很不好的預感，她是不是只在熟悉的地方打轉？」馮千靜蹙起眉，「所以專找高中生、找那附近的學生，是帶怨還是羨慕？我搞不懂。」

「傳聞中的裂嘴女是帶著怨的，嫉妒那些擁有正常容貌的女孩。」毛穎德再遞過手機，「謝淳涵剛傳給我的道謝信，還有一個關鍵。」

馮千靜狐疑的瞥了眼，眼睛倏而放大。

在裂嘴女身爲店員的情況下，她看見那個店員的頸部有顆痣，像是星星形狀，深咖啡色，可是位子在下巴處，不容易瞧見。

「會是特徵嗎？都能扮成店員了，會不會也是假的？」馮千靜很遲疑。

「不會，那應該就是我看見那女孩的特徵之一。」毛穎德輕嘆口氣，「這也是個好憑證，如果等等去的地方眞的是我看見的樣子……」

「嗯，章叔好像蠻有信心的，我沒跟他說我的消息來源是因爲你碰觸到裂嘴女，所以不必擔心在夏天他們面前露餡。」馮千靜不忘交代這句，絕對不能說出毛穎德見得到怪異情景的事，「眞的講起來，就說我看見的！」

毛穎德忍不住用力對她豎起大姆指，「眞是太謝謝妳了！」

「我就說碰到裂嘴女看見的吧！」馮千靜無所謂的聳聳肩，「萬一夏天想把我歸類成陰陽眼，你記得要幫我開脫喔！」

「放心，我就說只是那時一時的接觸而已。」毛穎德心情輕鬆很多，章警官遲早一定會追問來源，如果他說出自己瞧見了幻影，夏天跟郭岳洋一定立刻翻譯成：毛穎德有靈異體質，那他以後就沒好日子過了。

不過如果是馮千靜的話，欸——可以放一百二十個心了！

到了輕軌站與夏玄允及郭岳洋會合，他們一臉雀躍興奮活像是要去郊遊似的，輪流跟馮千靜說著他們目前爲止的方向，裂嘴女特別喜歡高中生，在美妝店外也有許多人被問過，陽穗高中的月台是放學時間，幼稚園那個月台是晚上八點半到九點，幼稚園外是下午五點多，而他們大學學校的月台卻都是接近晚上十一點的時間，規律得驚人。

馮千靜回想遇到裂嘴女那天，的確也是近十一點的時候了。

「這麼規律嗎？那其他地方呢？」毛穎德餘音未落，夏玄允就送上了時間表。

哇塞！毛穎德跟馮千靜一人拉著紙的一端，看著時間表，眞難想像夏玄允還做出了時間軸！不只是月台出沒的時間，連學生遇到的時間都一清二楚，不管哪裡幾乎都是放學後，沒有人在上學時間發現過裂嘴女！

而且六點之後就再也沒人見過裂嘴女，六點之後的出沒地點便移到了月台。

固定的時間、固定的地點，裂嘴女對這些地方還眞是情有獨鍾啊！

「眞像個乖巧的孩子，只出現在這些地方，超過時間也不敢逗留。」郭岳洋熱切的補充著，「昨晚謝淳涵遇上裂嘴女的超市，距離幼稚園只有五分鐘距離，而時間——」

他的筆指在幼稚園的區塊，六點之前。

「換句話說，只要避開這些時間與地方就好了對吧？」毛穎德亮了雙眸，找尋著漏洞。

「說得容易咧，學校耶！這不就跟各校決定的一樣？乾脆停課算了。」馮千靜可不以爲然，「放學時間閃不掉，高中生出沒範圍也是，她像是鎖定高中生活圈子在走……」

「但是這樣想又很難解釋幼稚園的出沒。」夏玄允看來已經思考過了，「因爲放學時間她不一定全在高中這邊，五點後可是在幼稚園喔！」

「相當規律，但是卻找不到高中與幼稚園之間的關聯，或是一個固定性。」

馮千靜不耐煩的嘖了聲，毛穎德則是仔細端詳著時間軸，「那她從高中轉到幼稚園之間有規律嗎？」

「沒有！」兩個男孩異口同聲，看來他們也交叉比對過了。

嗯……毛穎德陷入沉思，馮千靜懶得再看，她望著外頭的站名，再差一站就該到了，章叔給的地方在陽穗高中的前一站。

「什麼事到了那邊再說吧。」她斜眼瞄向雙眼熠熠有光的兩個男生，「等一下拜託你們低調一點，那邊都是警察。」

「沒問題！」他們很用力的用氣音回著，整個車廂其實還是都聽見了。

出站後利用定位，他們走進了街道、轉進小路，最後來到一片住宅區，幾乎是一踏進巷弄間毛穎德就有種不好的預感，少說三、四十年的建築物，兩排陳舊的三層樓建築相對，腐朽的鐵欄杆、破損的招牌，幾乎跟畫面裡的破舊年代差不多。

不必特意找尋，看見大批警力在某棟陳舊的屋子外面，便知道章警官在何處了。

「爲什麼會知道這裡啊？」郭岳洋果然發問了。

「不小心看到的，可能是在跟裂嘴女接觸的瞬間吧！」馮千靜刻意說得稀鬆平常，「有線索就請警察幫忙了。」

「妳看到這棟屋子？」夏玄允顯得很吃驚，「哇……跟上次碰到死者東西一樣嗎？」

「差不多啦，不過不是看到這個屋子……也還不確定是這裡。」馮千靜敷衍的說著，來到門口。

章警官已經在門口等著了，剛剛她在輕軌電車上時已LINE他，他跟同僚交代一聲，便讓馮千靜往屋裡走。

「只能兩位。」他對馮千靜低語，「人不要太多。」

「嗯，毛穎德！」她回頭喊著，推著毛穎德往前，一邊對後面的夏玄允伸掌制止，「你們不能進來……去幫我問這戶人家的八卦。」

「啊……」兩個男孩用無辜閃亮的雙眼望著她，裡頭是無盡哀求，只是這招對馮千靜沒效。

她瞇起眼給了一個假笑，揮揮手催促他們快去快去！跟附近婆婆媽媽們探聽八卦，當然就要靠他們這種細皮嫩肉天眞可愛的萌少年出馬了！

郭岳洋還一臉不情願，爲什麼不能讓他們進去啦？

馮千靜沒空理他們，也跟著轉進去，眼前是個一看就知道不符合規定的樓梯，樓梯梯面高窄，燈光昏暗，他們都小心翼翼的上樓。

樓上一眼便知是違建，馮千靜跟毛穎德都得彎著身子，否則頭會頂到天花板，彎身進入門口後，看見的是斑駁的牆壁、古老的傢俱、幾個紙箱堆在角落、磨石子地板上都刮痕，還有一個古董型的梳妝台。

橢圓形的鏡子上佈滿裂痕，有許多破片已經掉落。

「毛穎德……」她看著那梳妝鏡，甚是驚訝，「你看見了沒？那個……」

身邊的人沒回應，馮千靜轉過身，發現毛穎德正背對著她，往梳妝鏡正對面的窗外看去。

藍底白字的招牌，就在窗戶外面。

他們兩個同時看向梳妝鏡，也同時移動腳步，因爲毛穎德看見的招牌是映在鏡子裡，偏上的地方——「這裡。」

他雙手按住馮千靜的肩頭，不讓她移動。

「看見了。」馮千靜凝視著蜘蛛網狀的鏡子，但依然可以看見倒映出那扭曲的藍色招牌，「所以是這裡嗎？」

毛穎德呼吸變得很沉，他沒有回答，而是掠過她往前走去，來到梳妝鏡的旁邊，伸手想撫摸那斑駁的牆。

「可以嗎？」他問著一旁的章警官。

章警官點了點頭，「這裡還不是命案現場，沒關係。」

「這屋主發生什麼事嗎？」馮千靜上前，看起來不像有人居住。

「跑走了！欠了幾個月房租，有一天就跑了，房東原本還以爲是窩在家裡，幾天後上來看才發現人去樓空。」章警官指著地上的箱子，「也沒帶走什麼值錢的東西，留下一堆東西在這兒，那還是房東收拾的。」

「小孩幾歲？幾個？」

「兩個，一男一女，妳要找的應該是她。」章警官伸手向後，下屬遞上一本本子，「她一年前就輟學了，十四歲，叫江佩玲。」

馮千靜接過資料本看著，十四歲果然有張稚氣的臉龐，但是眉宇之間顯得陰沉，打扮看上去是超齡的。

「父親長期失業酗酒，她沒辦法唸書，她得想辦法賺錢幫忙家計，還得養弟弟。」章警官繼續說著，「弟弟九歲，母親早就不知去向，這女孩被看見在附近的美髮院打零工、撿資源回收，老闆娘看她可憐，讓她做點輕鬆的給些零用錢。」

馮千靜抱著本子走向毛穎德，他還在看著那鏡子與牆壁，見她走來往本子一瞥，「就是她。」

「這麼肯定!?」她有點嚇一跳，「所以屋子跟女孩都對了?」

「嗯，就是她!」毛穎德看向章警官，「知道她的下落嗎?」

章警官搖搖頭，「連她父親跟弟弟都不知去向，對房東而言就是不繳房租跑掉的一家人!不過如果你們確定是他們的話，我會從親屬開始找!」

「麻煩了!」馮千靜禮貌的頷首，朝著章警官走去，使了個眼色。

章警官也往前走，兩個人走到窗戶邊，屏除了其他人。

「你們意思是，這個少女是裂嘴女嗎？」他立刻問。

「可能性很大，我們看見的裂嘴女年紀很輕，但因爲嘴角裂成那樣認不太出來……不過看見她在這裡被打的模樣，鏡子上或許有她的血跡。」馮千靜略向後看向毛穎德，「還有什麼嗎？」

「裂嘴女是快兩個月前就出現了，這戶人家什麼時候不見的？」毛穎德凝著眉問。

章警官明顯的頓了兩秒，神色凝重的開口，「一個月又三星期前。」

時間巧合得令人不快，馮千靜深吸了一口氣，「我看不只鏡子，順便都找找看那附近有沒有血跡反應吧。」

「知道。」章警官點了點頭，「所以那孩子可能遭到不測，然後裂嘴女就出現了……」

「這也只是猜測，但是我在接觸她時看見了這間屋子跟被家暴的少女。」馮千靜搖了搖頭，「我是不抱太好的希望，接下來就得麻煩你們盡快找到少女的父親了，還有那個弟弟我也很擔心。」

「好。」章警官看向馮千靜，「有什麼消息都跟我說。」

「嗯。」她點點頭，互相幫助是應該的。

章警官轉身去交代事情，以及必須聯繫的社福團體，看看他們有沒有接觸過這戶人家的孩子；馮千靜跟毛穎德離開這棟屋子，光是看著那面破裂的鏡子，就令人覺得悲傷。

尤其，如果那少女眞的是裂嘴女的話……馮千靜想像著她究竟是怎麼死的？到一樓時，就見夏天跟郭岳洋正分別跟媽媽們說話，大家聊得可起勁了，馮千靜見狀忍不住輕笑，總覺得可以有更多消息。

「他們眞的很厲害，說不定可以挖到比章叔更多的八卦。」

「一定會的，他們超有長輩緣，而且很多事情鄰里不一定會跟警察說……」

「爲什麼會變成裂嘴女呢？爲什麼攻擊特定對象？她讓我覺得匪夷所思！」毛穎德嘆了口氣，「才十四歲啊……」

馮千靜嘟起嘴，「我十四歲時在想什麼呢？」

「妳？」毛穎德還故意很認眞的思考，「冠軍腰帶？」

「嘿……」馮千靜笑開了顏，「你還眞說對了！」

靠！這還眞的對啊！十四歲應該是花樣年華，開始想要打扮自己、或是在談論哪個男生的時候吧？

怎麼有女生十四歲就在爲冠軍腰帶努力啊？

「什麼!?在哪裡!?」後頭一陣暴吼聲，急促的腳步聲自樓梯而下。門口的馮千靜跟毛穎德紛紛回頭，趕緊讓開一條路，讓章警官通過，「好，我在聽，高中女生嗎……嗯，好，張菀芳？我立刻過去。」

章警官一掛電話，立刻拿起無線電喊收隊，他們要前往郊區，似乎在山溝間發現了高中生的屍體。

「好了，你們也快回去吧，真是不太平！」章警官交代著，「可別讓妳爸擔心……妳下星期不是有——」

「厚，章叔，不要連你也在提那個該死的友誼賽！」馮千靜極不耐煩，她討厭這種友誼賽！更討厭別人一直提！

「好好，不生氣！」章警官笑了起來，「壓力大快點回去休息了。」

「等等，發生什麼事了嗎？高中女生怎麼了？跟裂嘴女有關？」毛穎德焦急的上前。

「不是，但死狀淒慘，要等我們到現場才知道。」章警官變得相當嚴肅，「不過又是陽穗高中！」

咦？陽穗高中也太容易出事了吧？馮千靜緊鎖眉心，現在出什麼意外都害她往都市傳說的方向想去；夏玄允他們留意到這邊的狀況奔了過來，小聲的問怎麼了，馮千靜只是示意他們先不要問，等等再說。

警方迅速的上車，鄰里們還在竊竊私語，氣氛一時變得很凝重。

「……張菀芳……張菀芳！等一下！章警官！」在章警官即將關上車門前，毛穎德突然大喊，「我知道那個女生！」

「嗯？」章警官詫異的瞪圓眼。

「張菀芳，她就是裂嘴女第一個受害者的同學，謝淳涵說她最近都請假去找蕭妤珊，好幾天沒聯繫了！」章警官緊皺著眉看向毛穎德，眼尾緩緩瞟向馮千靜，她自知大事不妙也趕緊跑到車窗邊，絕對有什麼事！

「那個高中生被分屍了。」章警官低沉著說，「死好幾天了，分屍的手法怪異，是腰斬。」

兩半，如果面對裂嘴女的問題，你回答她很醜的話，裂嘴女會將你剪成兩半。

張菀芳，遇到裂嘴女了！

第九章
重重意外

高中女生陳屍在山溝間，那兒人煙罕至，屍身又在一個天然岩洞邊，附近亂樹遮蓋，若非野狗叼著斷手享用時被發現，只怕難以察覺。

死者身上還穿著制服，書包完整的落在一旁，沒有被開啓的跡象，但是死亡超過三週，屍身已經腐爛，因山區濕氣重、貼著土壤，加速腐敗速度，又被野獸啃食，根本已經難以辨認樣貌，幸好有學生證能夠證實身分。

由於被野獸啃咬，所以手掌已經佚失，但是依然可以看見她被腰斬的屍身，肚破腸流，死狀甚慘；但是單就這樣的情況無法判定是裂嘴女所爲，也有可能是遇上了殘忍的變態歹徒。

章警官要他們先不要聲張，媒體那邊他們也會暫時壓下，這種駭人聽聞的命案只會造成無限恐慌。

「她回答不漂亮嗎？」郭岳洋幽幽說著，語氣裡盈滿悲傷，「被剪成兩半了。」

「章叔說還不能確定……而且她的位子在統計數值之外。」馮千靜心情也有點凝重，眞的是被「剪」成兩半的嗎？也太殘忍了吧？

他們坐在回校的輕軌上，每個人的情緒都很低落。

「好了，張菀芳的事很可憐，但是我們應該先著眼在剛剛那兒吧！」夏玄允強打起精神，「不是讓我們去跟鄰里聊天了！」

「有打聽到什麼嗎？」毛穎德立刻追問。

「江佩玲是外縣市的，以前從沒有在這邊待過，換句話說——」郭岳洋比出一個一，「她沒有唸過小晴那所幼稚園。」

沒唸過……那為什麼頻繁的出現在幼稚園那兒？甚至攻擊了小晴？攻擊了王慈薇？

「第二點，我剛去跟家庭理髮的阿姨聊天，噢，她們還請我吃好吃的餅乾喔！」夏玄允劃滿微笑，臉頰上兩個酒窩，「江佩玲說過她很想出去玩，但是她從未離開過這兒。」

「啊？」馮千靜皺起眉心，「沒離開過這裡？怎麼可能？」

「我也這麼問啊，結果老闆娘說那個父親不務正業，無所事事，根本不可能帶她們姊弟出去，江佩玲說她只認識輕軌站的月台，從來沒有離開過。」夏玄允邊說，一邊攤開那張地圖，「假設這個消息可靠的話，高中、及附近的商店、輕軌月台都說得過去，可是幼稚園那一帶，還有我們學校的月台就很怪了。」

搬來這裡後沒有出去玩過嗎？連書都不能好好唸，無法上學只能偷偷打工、撿資源回收，養一個動輒對她打罵的酒鬼父親，馮千靜越想，拳頭握得越緊，這未免也太悲慘了。

孩子，是無法選擇父母的，但有時候出生在什麼樣的家庭就決定了命運。

「所以我們寫得不甚精準，原本以爲裂嘴女是去她熟悉的地方……」毛穎德看著，「但是江佩玲沒去過幼稚園那帶，那會是江佩玲嗎？」

「咦？不是嗎？」郭岳洋跟夏玄允異口同聲，「剛剛上樓沒發現什麼！」

「唉，是那裡沒錯，但是這樣子怎麼解釋？她都十四歲了，想回去上幼稚園？弟弟也已經九歲，跟幼稚園有什麼連結？」

列車到站，郭岳洋提醒大家下車，免得討論過了頭。

馮千靜踏出月台，看著人潮往出站的地方離開，想起那天晚上在這兒遇到裂嘴女的情況，剛剛夏玄允也說了，那孩子只知道月台……

「她到月台來做什麼？」馮千靜看著裂嘴女曾坐過的位子，「跟一般女孩一樣坐在那邊，我那晚以爲她在等男友。」

「我們這個月台很少來，她最多是在高中那個月台。」夏玄允看著時間軸，「固定時間，五點到六點的放學時間，沒遲到也沒早退過。」

這種遲到早退沒有比較好好嗎！那可是放學時間，人最多的時刻啊……不過話說回來，即使人這麼多，她還是能找到時間、抓到人問一句：「我漂亮嗎？」

「如果裂嘴女是江佩玲，沿著她生前的習慣、去過的地方……」郭岳洋狐疑的說著，「陽穗高中那站要上月台前，應該要先過匣門吧？她過匣門後呢？就在月台等爸爸嗎？」

「她爸不是沒工作嗎……啊，有的話應該也是有一搭沒一搭的。」夏玄允有些鼻酸，「可別告訴我是等媽媽，這麼規律的時間，跟洋洋一樣是個好孩子。」

「什麼跟我一樣！」郭岳洋不平的唸著。

「你什麼事都乖乖做啊，只會早到，超守時又聽話，一絲不苟！」夏玄允讚美的說，「要是換作你啊，知道爸爸幾點下班，一定也都在那邊等！」

郭岳洋找不出話來反駁，好啦，他真的就是那種聽話照做的乖乖牌。

毛穎德聽著他們的對話，也看向月台、鐵軌、椅子，再瞬而抬首環顧四周，看見的是各個角落的監視攝影機——「對！規律！她非常有規律性對吧！」

咦？都要下樓的馮千靜回身，毛穎德湊到夏玄允身邊看著那張時間表，每一個地方的出沒時間都是固定的，幾乎沒有例外的準確。

「所以她有沒有可能總是固定那個時間在那個月台上？」毛穎德指向上方，「陽穗高中那邊一樣也有監視器，說不定找出一個月……不，兩個月前的監視器，只要找每天的放學時間，看有沒有江佩玲的蹤跡！」

夏玄允亮了雙眼，「對對對，這樣說來的話，其他地方也可以如法炮製！」

「但是其他地方範圍太廣，但月台只有一個！」郭岳洋畢竟是紀錄者，知之甚詳，「其他地方都是一整條路或是巷子，不如月台來得集中，只要調閱前一個月的說不定就能發現！」

「找到她在月台做什麼、多久待一次，還有是不是江佩玲！」毛穎德抬頭看向馮千靜，「就算不是江佩玲，一定也能找到別人！」

馮千靜劃上微笑，立刻拿起手機，三個臭皮匠勝過一個諸葛亮，她有預感，這條線索一定能找到些什麼！

他們學校這個月台不是很頻繁遇到裂嘴女，所以一時也不一定查得出來，不過她依然會把這件事告訴章叔。

「喂，章叔，我是馮千靜，有件事又要請您幫忙了。」

林詩倪站在門口，右手緊揪著肩上的背包，一顆心跳得疾速，每一步都走得沉重，但是她有件事一直覺得疑雲重重。

夏天他們到別處去查裂嘴女的事情了，雖然「都市傳說社」的社員幫忙做路訪、問卷調查、收集資料製作如何對付裂嘴女的傳單、在網路上宣傳、製作圓餅圖跟時間表，她還是覺得有個地方怪怪的。

「您好。」林詩倪站在幼稚園門口，對著警衛室探頭。

「您好，訪客嗎？」陳警衛開窗，微笑的看向她，「啊……唉呀，妳是不是那個、那幾個大學生？」

「咦？警衛先生還記得我！」林詩倪有些放心，「對啦，我之前都在路口發傳單啊！那天您帶夏天他們去醫院看王慈薇時，我就在外面！」

「對對對，我說怎麼這麼面熟！」陳警衛熱絡的走了出來，「眞是謝謝你們了，幫了大家不少忙啊！來問王老師的狀況嗎？她現在很好，正在復元中，精神狀態也不差！」

「是嗎，那眞的是太好了！」林詩倪由衷的說，「不過我今天來是爲了另外的事情……」

林詩倪有些爲難，這倒叫陳警衛看出來了，他放軟身子，親切的上前，「同學，你們幫了大家這麼多忙，說說看需要幫什麼，我盡量幫妳！」

「謝謝警衛先生！」林詩倪很是感動，「但是這有點麻煩，我想要跟小朋友談談……關於裂嘴女的事。」

陳警衛倒抽一口氣，裂嘴女的事果然還沒終止，他面有難色的試探，「妳要問小朋友喔？」

「是啊，我們之前都在問大人有沒有遇過裂嘴女，但我覺得……除了小晴之外，會不會其實也有小朋友遇到？」林詩倪小心翼翼的說著，「是這樣的，我們做了出沒表，裂嘴女在這裡出現的次數不算多，但是卻在這裡攻擊了兩個人，所以我想……她跟幼稚園應該有關係吧？」

「噓——」陳警衛連忙示意噤聲，「同學，妳不能這樣說，一旦說跟裂嘴女有關啊，我們老闆臉色就會變！」

「是嗎？」林詩倪連忙掩嘴，可是她眞的覺得有關啊！

「妳要說，裂嘴女可能有針對幼稚園裡的小朋友，製造出小朋友可能有危險的話題，這樣老師們就會擔心……」陳警衛暗示加明示說話技巧，讓林詩倪雙眼都亮了起來！

「我懂了！」她深表讚嘆，「那我想跟各班小朋友問一下狀況，宣導一下遇到戴口罩的陌生阿姨該怎麼辦。」

「呵，來來，妳在這邊填寫一下訪客登記表，我去跟老師們講講看。」陳警衛立刻請她到窗邊登記填寫，然後往教室區走去。

林詩倪興高采烈的填寫資料，她已經想好怎麼問小朋友了，之前想問時不是被家長瞪、就是被趕，如果眞的問到，小朋友根本不懂什麼是「裂嘴女」，一提到嘴巴裂開，還沒回答就哭了，眞的很難問出個所以然。

再說，如果眞的有見到裂嘴女眞面目的小朋友，應該也很難安然無恙的在這兒吧。

十分鐘後，有老師出來向林詩倪打招呼，並且請她稍等，她們可以把小朋友集合到室內遊戲場去，讓她一次性的宣導。

老師們看起來都很疲憊，精神也相當緊繃，畢竟先後發生了學生與老師都被攻擊的事件，他們眼神一刻都不敢離開小朋友，甚至廁所、洗手台都是亦步亦趨跟著。

好不容易，小朋友集合完畢，天眞的容顏好奇的望著她。

「小朋友好！」林詩倪朗聲說著，小朋友童稚的齊聲回應，「大姊姊今天要來教你們防範陌生姊姊喔！」

「是不是戴口罩的姊姊？」

「對，好聰明！」林詩倪立刻把口罩拿出來，掛上耳朵，再放下頭髮，「有沒有人看過這樣的姊姊在學校附近啊？」

一時間回答「有」的聲音此起彼落，小朋友還順便說了當時狀況，只是太過雜亂，林詩倪聽不出他們在講什麼。

「等等等等——」林詩倪連忙控場，「來，有看過的舉手。」

好多小朋友舉高小手，但這不代表他們遇見的是裂嘴女，因爲流感一多，大家都會戴啊。

「那大姊姊有跟你們說話的舉手？」這句話讓小朋友困惑了，林詩倪連忙補充，「大姊姊有沒有問你們說：『我漂亮嗎？』」

許多小朋友誇張的倒抽一口氣，圓睜雙眼，拼命伸直了手就怕林詩倪沒看見似的，還有男孩大聲的說我我我，好像這是什麼機智搶答似的可愛；但這麼可愛的孩子，裂嘴女卻也沒有放過。

沒看過的人放下手，針對眞的看過的人，林詩倪技巧性的問著，要確認他們是否眞的遇到的是裂嘴女，許多孩子都證實遇到過，可是因爲老師跟家長平常教得好，不能跟陌生人走，所以他們都是說家長在前面、或在等他們，就匆匆奔向爸媽。

有約在身，所以裂嘴女沒有下手。

但是，人數比他們之前調查得多，裂嘴女在幼稚園這附近的確是問孩子的，如同最初的傳說，攔住要回家的孩子。

林詩倪最後教他們灑糖果跟噴髮膠，小朋友們身上都有父母另外裝瓶的髮膠，方便小小的手使用，最重要的，是要他們放學時必須跟緊老師，不要一個人，下次遇到就直接說：媽媽在等我，其他的一句都不要多說。

其實這些老師都教過了，但是再教一次也無妨，更別說這次是製作傳單的人來教呢。

「眞是謝謝妳。」老師們還向林詩倪道謝。

「不，沒什麼……那個我剛注意到有的小朋友帶糖果來自己都吃掉了，這點要麻煩留意一下。」林詩倪有些擔憂，「至少放學前補個貨，太少的話我怕裂嘴女會不高興。」

「我們知道……天哪！」老師們精神壓力龐大，「那個……裂嘴女這種東西不會消失嗎？她還會再出現？」

「都市傳說總是會出現的，而且一時之間還沒停。」林詩倪也很希望快點結束，「這個都市傳說很殘忍，我知道大家都很辛苦，但還是得小心……不只小朋友，老師們也是。」

裂嘴女攻擊王慈薇時，可是看準她是老師才動手的啊。

此話一出，只是讓老師們換了張更慘白的臉孔，老師們其實都明白，她們再次道謝，便趕緊帶孩子回班級。

林詩倪轉頭出遊戲場，立刻清點著遇到裂嘴女的孩子人數，二十幾位，跟陽穗高中那邊遇到裂嘴女的一樣多人！表示裂嘴女並沒有厚此薄彼，她兩邊都出現、兩邊都一樣積極的找人問話！

一下高中、一下幼稚園，有沒有這麼忙啊？

但是更新了數據！雖然她還不知道這新數字有什麼效果，但是她總算解決了心裡的疑問，回去再報告給社長聽！

「警衛先生，謝謝！」離開前，林詩倪再三對陳警衛道謝。

「哪裡！一切都好嗎？」陳警衛關心的問。

「嗯，問出來了，很多小朋友其實都有遇過呢！」林詩倪看了一下外頭，「真的要辛苦你們了，巡邏可能也得增加！」

「有，現在兩個警衛輪班，只要下課時間我們就到處巡邏！」陳警衛凝重的說著，「小晴的事不能再發生了！放學時我們也特別注意，不讓小朋友有落單的機會。」

「那就好。」林詩倪再三道謝，陳警衛也是感謝她，並且請她離開時也要小心自身安全。

下課鐘響起，陳警衛彈跳似的必須去巡邏了，送林詩倪離開幼稚園，將門緊緊關上。

林詩倪看著鐵門，重重鐵門也擋不住裂嘴女吧？警衛跟老師都問了一樣的問題，這個「裂嘴女」什麼時候會離開？

真是可怕，別說她了，夏天他們也不知道吧？裂嘴女以前都在某個地帶突然出現，肆虐一陣子後又突然消失，根本沒有理由。

看著手裡的數字，她幾乎可以斷定，小晴並不是特例，她只是剛好不幸被抓到。「啊……對不起！」林詩倪太專心看著手上的本子，卻撞到了正在停腳踏車的人。

「啊……」對方踉蹌兩步，穩住腳踏車。

紊亂的頭髮飄散著，戴著口罩與穿著單薄外套的身形，讓林詩倪一瞬間就起了雞皮疙瘩。

走！

「我漂亮嗎？」

在她轉身前，女孩鎖住她的雙眼，歪著頭問了。

林詩倪幾乎要忘了呼吸，右手緩緩的往口袋裡伸，她的髮膠……啊！放在包包裡了！冷靜，傳單是她做的啊，怎麼能功虧一簣？

「妳這樣我很難猜，但是妳看起來很……可愛。」她用了漂亮以外的詞。

果不其然，裂嘴女皺起眉，很疑惑的模樣，「我是說，我漂亮嗎？」

髮膠髮膠……林詩倪擠著微笑把手伸入包包裡握住了髮膠，「沒辦法說耶……妳看……」

趁其不備，林詩倪立刻將髮膠取出，直往裂嘴女臉上噴去——走開走開！她不是小朋友也不是幼稚園老師，爲什麼要找她啦!?

「——哇哇！」裂嘴女雙手掩面的尖叫著，「臭死了臭死了！」

她倏而抬首，盈滿忿怒的瞪著林詩倪，林詩倪完全的呆愣，依照毛穎德所言，裂嘴女應該會歇斯底里的抱頭鼠竄然後消失啊，但是現在那雙眼睛根本殺氣騰騰吧！

「回答我啊——」她尖叫著大喊，手上曾幾何時已經握了把剪刀，直接就朝林詩倪衝過來了！

「哇呀——」髮膠爲什麼沒有用!?

林詩倪驚恐得想逃，但才邁開步伐旋即想到，一旦逃走，她就變成從裂嘴女手下逃走的人了，這樣子會踏上跟小晴一樣的路，她才不要！

裂嘴女的速度很快，瞬間衝來，林詩倪即刻把肩上的包包卸下，高舉於面前擋住，可以感受到剪刀狠狠的戳上包包，林詩倪透過包包上緣瞥了裂嘴女一眼，她的口罩仍未摘下，但是眼神凶狠至極。

下一秒，她啪嚓的把林詩倪手上的包包給搶下來了。

「等一下！我想一下！」她尖聲喊著，「妳不是問我妳漂亮嗎，我想、我想——」

裂嘴女並沒有因此停下，她直接把林詩倪往一旁的牆邊壓去，張開手上的剪刀，令人難以置信的居然是把鈍得要命的安全剪刀，上面盡是鏽蝕，被那剪到不痛死也破傷風吧！

「不要——哇呀——呀——」林詩倪放聲尖叫，不停轉著頭不讓剪刀有機會伸進嘴裡，但是裂嘴女氣力甚大，忽然箝住她下巴，就安穩的將剪子架上了嘴角邊。

「不要尖叫不可以尖叫！」裂嘴女發狂叫著，「我要把妳變得跟我一樣！我漂亮對不對……我很漂亮……」

裂嘴女的瞳孔變得很可怕，金紅交錯，不屬於人的妖異之光；林詩倪的臉頰皮膚由內而外，被刀刃撐得凸出向外，她抖著手終於從口袋裡抓出了糖果。

「糖……」她將糖果舉高，裂嘴女的眼神不變，「糖果給妳！」

她往右邊扔去，裂嘴女幾乎是一秒離開她面前的，刀刃刮過她口腔內部，一陣風似的追逐糖果而去。

林詩倪驚恐得全身發抖，恐懼的往臉頰撫去，舌尖在口腔內滑動著，幸好刀刃不利……她喘著氣，心臟都快跳出喉嚨，此地不宜久留，她得快點離開，跑出巷子到外面的大街上去！

才轉身想要往巷子外去，卻赫見十步之遙處，又站著裂嘴女！

天哪——有完沒完啊！她恐懼的看著那站在電線桿邊的女人，及肩的散亂長髮、黑色單薄外套、沒穿鞋的泥濘雙腳……等等，黑色外套？

她忽然瞪圓雙眼，剛剛那個穿的是紅色的外套啊……怎麼會……

裂嘴女眼珠子瞟了過來，林詩倪已經準備好了，髮膠糖果還有藉口，等等她一靠近，她直接就要說：抱歉，我跟人有約沒空。

裂嘴女沒有動作，她只是默默的移動眼神，往她胡亂拾起的包包瞥了一眼，既無靠近，也沒有動作，反而是向後退至牆邊，然後緩緩的隱匿至牆裡。

天哪！林詩倪連大氣都不敢喘一下，眼睜睜看她慢慢沒入牆裡，一刻也不敢停留，抱著包包繞過裂嘴女剛存在的左側，沒命的就往巷口狂奔！

拜託不要突然跑出來攔住她，她眞的跟人有約，她要趕回去上下午第一節課，上課很重要，她現在覺得超級無敵重要！

一口氣奔出巷子，來到熱鬧的街上，林詩倪上氣不接下氣的鑽進就近的速食店裡，看著人滿爲患的溫暖商店，突然有一種人再多都是種幸福的感覺。

「呼呼……」她一放鬆，就覺全身無力，拖著步伐到櫃檯點了大漢堡套餐，她覺得自己可以吃下兩個大漢堡全餐。

一直到端著餐點要坐下來時，她才意識到自己雙手至今仍舊抖個不停。

用發抖的左手壓住顫抖著的右手，她自己笑了出來，淚水不知道怎麼的也跟著湧出，從包包裡拿出手機，在社團裡發出了至今依然心有餘悸的文：

『我遇到裂嘴女了！』

第十章
裂嘴女的選擇

「妳眞的遇見裂嘴女了!?還兩次!?」

夏玄允只差沒握住林詩倪的雙肩搖晃，郭岳洋就站在旁邊用一種誇張的聲調異口同聲，「好好喔！」

「好個頭！」毛穎德直接把他們兩個左右撥開，人從中間現身，「全身而退，不愧是製作傳單的人！來，英式奶茶。」

茶擺放在餐桌上，林詩倪微顫的點頭，她才發文不到兩秒鐘電話就響了，夏玄允激動的問她在哪裡遇見的、怎麼會遇到，電話一時說不清，便直接召到家裡來了。

夏玄允他們的住所幾個元老社員都來過幾次，因爲元老級社員也不過是沒幾個月前的事，那時他們都還是都市傳說的受害者之一。

「我說眞的，知道如何應對是一回事，等眞的遇到時會不會應付是另外一回事！」林詩倪心有餘悸的說著，「那種壓力跟恐懼會凌駕理智，看著裂嘴女一時根本就只想跑！」

她捧起杯子的手還在發顫，啜飲入喉又甜又暖，果然心裡舒服很多，男友阿杰在一旁低聲呵護，她抒著氣，看著趴在餐桌上那兩雙過分期待的雙眼跟一個冷靜的面容。

「郭岳洋跟夏天，你們眼睛太亮了！遇到可不是什麼好事！」林詩倪咬著唇，「這次她根本沒等我回答，剪刀就伸進來了！」

說到這裡，林詩倪又往左臉頰撫去，一陣惡寒。

「沒等妳回答？就自己決定答案是漂亮嗎？」郭岳洋突地坐回位子，打開社團紀錄本，「因爲妳得回答漂亮才能變得跟她一樣。」

「我沒有想變得跟她一樣！」林詩倪皺眉嚷著，「我說了模稜兩可的答案後拿髮膠噴她，她根本沒有害怕、更沒有歇斯底里，而是……被激怒般的衝向我！對，她那時是生氣了！」

「她被髮膠激怒？不，不該是這樣。」這才前一晚的事，毛穎德怎麼可能記錯，「她害怕那髮膠，會歇斯底里的尖叫。」

「沒有！她不但沒有尖叫，還忿怒的叫我不要尖叫！」林詩倪緊皺著眉帶著點怒氣，「跟你們遇到的完全不一樣，我後來是丟糖果她才消失的！」

又不一樣？連夏玄允都換上一副嚴肅的臉，這樣的不定性大家該怎麼拿捏啊？

「遇到兩次……是多久後遇到第二次？」夏玄允謹慎的問。

「立刻，我一轉身就遇到了。」林詩倪驚魂未定的回憶當時狀況，「裂嘴女衝去撿糖果後就消失了，我根本不敢停留，只想著往大路跑，才一轉身，她就在我十步之遠的位子！」

「什麼？想趕盡殺絕嗎？」毛穎德不可思議的低吼，「第一輪才剛結束又來？」

「我也是這麼想，但是她沒有問我，她只是站在那裡瞥了我一眼……像是看著我但又不像。」林詩倪邊說邊蹙起眉心，裂嘴女的眼神不在她身上啊……

低下頭，她看著自己的右肩，看著她包包？

「看哪裡？」毛穎德留意到林詩倪的困惑。

「手臂？還是包包……」林詩倪指向自己上臂中心的位子，「大概這裡的位子……我不懂，但是她就這麼瞥一眼後就離開了。」

「怎麼離開的？妳沒給糖也沒噴她髮膠……讓開嗎？」郭岳洋不想有一絲遺漏。

「沒入身後的牆消失……我知道這很詭異，但她是都市傳說嘛，那時我沒辦想這麼多！」林詩倪連續搖著頭，「我只知道狂奔，一路奔出巷子，衝進速食店。」

「做得對，人多的地方比較安全。」毛穎德這麼回著，腦子卻一團亂，「時間地點對象方式全都不對了……我的天哪！裂嘴女這麼麻煩嗎？她到底要什麼？」

「昨天你才說她被噴髮膠後恐懼萬分，今天卻說激怒她？」連夏玄允都搞迷糊了，「敢情裂嘴女有雙重人格嗎？」

咦？林詩倪顫了一下身子，雙眼倏地放大。

面對她那震驚的眼神，毛穎德不由得也在意起來，「林詩倪，妳那是什麼表情？眞的是雙重人格？」

「假設、我是說假設……」林詩倪慢條斯理的問，「有沒有可能同時出現兩個裂嘴女呢？」

兩個裂嘴女？這下不只三個男生錯愕非常，連在房間裡練瑜伽的馮千靜都無法專心了。

一個就已經很可怕了，還兩個？她將腳高舉到頭頂，單腳站立，這裂嘴女未免也太難纏了吧？再多一個大家都要帶著武器反制了！

「爲什麼妳這麼問？」毛穎德沉穩的望著她，林詩倪不是夏天那種瘋狂者，一定發現了什麼。

「衣服不一樣……該說是外套吧，很薄的那種秋天衣服。」林詩倪握了握拳，有點不安，「我應該不會看錯，第一個不怕髮膠的是紅色外套，但是我轉身後，沒攻擊我的裂嘴女穿的是黑色外套……她們都戴著口罩我認不出來，可是頭髮身形跟眼睛感覺又是同一個。」

兩個，紅色與黑色外套之前就有過爭議，王慈薇說她看見紅色外套的女生走出幼稚園教室，但那警衛看到的卻是黑色，王慈薇在電影院被攻擊說是黑色，但是影院裡燈光不明又不能肯定，有可能是眼花，但也有可能發生跟林詩倪一樣的事情！

轉個彎，就是另一個了。

郭岳洋立刻起身衝回房間拿出那張地圖，夏玄允把家裡的白板拖出來……是的，他的住處有上課用大白板，方便他們統計事情，跟在社團時一樣；白板上記載得比社團還詳細，特色、時間、地點，還有分析比較。

「兩個裂嘴女的話就說得通了，一個是在高中區塊，一個是幼稚園的。」郭岳洋拿出時間表，「時間是分開的沒有重疊性，像是輪班一樣！」

「小靜……我是說馮同學提過，裂嘴女看著高中，很像十分嚮往一樣，所以她出現的地點都在高中附近，是學生會去的地方，包括美妝店，因爲她嚮往高中生的生活。」夏玄允在空白的白板寫下江佩玲兩個字，「十四歲少女，想讀國中，更想唸高中。」

「可是如果……她是裂嘴女的話，她連國中都無法畢業……」郭岳洋悲傷的看著白板，「這樣子只是加深她的執著而已。」

夏玄允在白板上寫下每個人的名字，再畫上圈，接著在中間畫上一條線，人再移到右邊亂上綠色的筆，開始寫下小晴、王慈薇、幼稚園。

「這邊是幼稚園，假設紅外套的裂嘴女是執著於這邊，她喜歡這個幼稚園、愛吃糖……年紀可能不大，王慈薇說過在電影院時她把整罐爆米花吃掉。」毛穎德起身看著白板，眉頭越皺越緊，「天哪！如果這樣去想，這個裂嘴女才幾歲？」

這是個令人更加悲傷的實情啊！

「嚮往幼稚園嗎？」郭岳洋微顫的唇，「天哪！不到七歲？」

夏玄允寫上目前所有相關人士的名字，白板上的關係圖一覽無遺，之前馮千靜曾認爲謝淳涵是關鍵點，其實是因爲她同時是陽穗高中學生，妹妹又在幼稚園的原因，或許只是巧合？

「所以裂嘴女有兩個嗎？」林詩倪嚥了口口水。

「不，裂嘴女只有一個吧？我覺得只有一個。」夏玄允的口吻蠻肯定的，「像林詩倪說的，雙重人格，上面有兩個靈魂。」

「死掉的女孩們……」郭岳洋長嘆，「那個江佩玲如果眞的不在了，另一個小女孩只怕也是……」

「那爲什麼會變成裂嘴女？」林詩倪不明白，「有時候……走了就是走了，有怨有恨最多就是變成鬼，爲什麼會變成都市傳說？」

是啊，爲什麼呢？裂嘴女好端端的突然出現，就因爲兩個可能死去的女孩？一個確定有家暴，另一個呢？

「因爲毀容……了吧……」毛穎德雙手抱胸，帶著悲傷望著白板，「我記得裂嘴女是源自於醜陋樣貌的女子，也有人說是其他怪談的延伸，但不管是哪個，都是跟容貌或是……毀容相關。」

他想起那個被壓上鏡子的江佩玲，她也被毀容了嗎？

角落的房門倏地拉開，走出套著外套的馮千靜，她望著白板一路走來，站在白板前端詳了好一會兒。

「兩個的話很多事情就說得通，然後呢？裂嘴女是怎麼挑選對象的？」她看向夏玄允，「嚮往高中生活，想當高中生……也一定有個方向，所以找上謝淳涵、蕭妤珊……甚至是張菀芳，這些人之間一定有共同點。」

「幼稚園那邊就更難辨了，如果眞的是小孩子是抓不到心思的。」毛穎德思忖了一會兒，「我們要再跟謝淳涵他們談一次，找出這些人的共同點；林詩倪，要麻煩妳……」

「我懂。」林詩倪立即領會，「我會去找有留資料的高中生，他們遇到那天的狀況……對了，這是我今天去幼稚園做的資料。」

這些人只顧著問她裂嘴女的事，完全沒有人問她跑去幼稚園做什麼。

「咦？對了！」郭岳洋接過一張紙，「妳跑去幼稚園做什麼？」

太慢啦！林詩倪在心裡咕噥，眞的是都市傳說收集者耶，腦子裡只有都市傳說。

「我想知道小孩子到底有沒有遇過裂嘴女，結果有二十幾個，數字跟遇到高中裂嘴女那個差不多喔！表示『她們』都很積極在活動。」林詩倪有點驕傲的挺直背脊，「那個，幼稚園這邊問的幾乎都是女孩子喔！」

嗯？大家湊過去看，什麼幾乎，根本沒有男孩子啊！

小女生只問跟自己一樣的小女生嗎？「可是，難道要找人作餌嗎？誰願意出借小孩啊？」

都死一個小晴了！而且幼稚園小孩太難教、也太難控制了。

「那個晚點再說，先把高中生這個搞定。」馮千靜好奇完又蹬回房間，「必要時我也可以穿高中制服的！」

嗯？毛穎德驚愕的看著她的背影，再轉向郭岳洋，這言下之意該不會——

「不行！馮千靜！」郭岳洋在她關門前嚷嚷，「這次說什麼妳都不許涉險！」

因爲，她星期天要比賽了啊！

謝淳涵的班級在走廊上的轉角處，爲張菀芳設了一個簡單紀念桌，認識她的同學擺放紙鶴或是鮮花，還有許多祝福的話，最終都會在她火化當日與她一起離開。

馮千靜雙手合十，對著張菀芳的照片致意，那是個相當溫柔的長髮女孩，才十六歲就被腰斬棄屍於山溝間，沒有人知道她爲什麼到那裡去，她手機最後的行蹤是在鄰近的公車站，司機還記得那個上學時間穿著制服閒晃的女學生，但進入山區後就沒再看過她了。

跟誰見了面？爲什麼去山裡？她不是要找蕭妤珊嗎？蕭妤珊沒找著還丟了條命。

她的照片擱在幾個盒子疊起的高處，前頭擺了許多女孩的小玩意兒，項鍊、手鍊、喜歡的小東西們。

「老師，謝謝你們特地過來。」謝淳涵她是負責佈置這個小靈堂的人，林平悅換上鮮花，擱在照片旁邊。

「沒什麼，也是有事找妳們。」毛穎德拐彎抹角，「想知道被攻擊的人之間有沒有共同處。」

「嗄？」林平悅正眉，「共同處……因爲我們是朋友？」

「你們認識這個女生嗎？」馮千靜遞上手機，那是江佩玲的照片，「交談過，或是跟她很熟？」

馮千靜的推斷是，萬一裂嘴女是江佩玲，而她又跟謝淳涵她們認識，說不定會特別嚮往她們。

男生女生都湊上前看，疑惑的眼神寫在臉上，他們搖了搖頭，不認識啊。

「成太你看清楚點，有沒有一點點印象？」毛穎德強調成太，讓馮千靜狐疑的多看他一眼。

「沒有啊，我不認識……這誰？」成太搔搔頭。

「上次有人只是幫忙撿書都能出事，我只是以防萬一，就算幫扶她過馬路也要記起來。」毛穎德說的是之前發生在學校的都市傳說：樓下的男人。

同。

「說得也是，看清楚，撿支筆啦、或是有人搭訕幫她解危？」馮千靜深表贊

「她很小吧，有人會搭訕喔？」起子歪著頭。

認眞看了一輪，根本沒人對她有印象，毛穎德又問了些細瑣的問題，馮千靜不想思考太細密的事，看著這鮮花處處的小桌子，水鑽髮夾、手錶、耳環，大概都是張菀芳生前喜歡的東西吧。

拿起照片前一個銀色鑽石鍊子，看上去很別緻，銀鍊上固定間隔還鑲著水鑽，外殼是鑽石模樣，中間卻是粉色愛心；馮千靜好奇的打開來看，原來是膏狀護唇膏。

「好特別……」她將鍊子把玩在手裡，護唇膏看上去是粉紅色的，有櫻桃香氣，張菀芳用了不少。

鍊子掛在手上晃著，她怎麼覺得在哪裡看過……等等，這種別緻的造型，看過一次就不該會忘啊。

「我也有一個。」謝淳涵上前，把袖子往下拉，她把這鍊子當手鍊掛，「看起來很深，但擦起來是淡淡的粉紅色！」

她眨了下眼，偷偷噘起嘴讓馮千靜看，學校不准擦口紅的嘛，她們就偷偷擦

有色護唇膏。

「造型很特別，我總覺得在哪裡看過……哪牌的啊？」馮千靜把鍊子擺回去，順手把自己的護唇膏也拿出來抹抹，「好用嗎？」

「其實還好，但就是可愛又有顏色。」林平悅吐吐舌，「這個是附近美妝店去年耶誕的限量贈品，總共才一百個，她們搶得很辛苦呢！」

咦？馮千靜愣了一下，剛剛說什麼？美妝店？

「兩個路口外的美妝店？」她擰起眉，「要怎麼拿到？還有誰有？」

「我們幾個都有啊……啊平悅沒有，她不喜歡櫻桃味。」謝淳涵瞥了一眼張菀芳的照片，「菀芳都帶在身上、妤珊喜歡掛在書包上當裝飾……學校其實不少人都有，那時是限量的，前一百名買滿一千才能得到。」

「護唇膏怎麼了嗎？」毛穎德不解的問。

「她們都有護唇膏……都被攻擊過，我只是瞎猜。」馮千靜深吸了一口氣，「打電話給林詩倪他們，請他們順便多問這個問題，有沒有那間美妝店去年的鑽石手鍊護唇膏贈品。」

毛穎德雖不甚理解，但還是立刻打電話給林詩倪，馮千靜再次拿起那個鍊子，她真的覺得在哪裡看過……謝淳涵他們眼神瞟著，悄悄偷看他們，馮千靜打

量向他們四個人，林平悅沒有護唇膏，所以沒有被裂嘴女找上嗎？

她飛快的拿起手機查看，章叔有拍現場照片給她，對……一路滑著，他沒拍屍體，但是有拍下張菀芳的衣服、棄在一旁的鞋子還有書包——書包上，正掛著這個鍊子！

林詩倪說，黑色外套的裂嘴女瞥她一眼時，留意著是她揹的包？該不會是在看包包上有沒有繫護唇膏吧？

毛穎德跟林詩倪交代完後，接過那個護唇膏詳看，對馮千靜搖搖頭，「我說眞的，這個不太可能是關聯，因爲我們兩個都遇到了，但我怎麼可能有這個！」

馮千靜蹙眉，「我也不是用這牌。」

謝淳涵突然面有難色的看著毛穎德，偷偷跟林平悅交換了眼神，然後咬著唇露出一股不是很高興的樣子。

「怎麼了？」馮千靜覺得她們怪怪的。

謝淳涵做個深呼吸，臉色果然一點都不好看，「老師，我、我那天不是也有給你All Pass糖嗎？」

「呃……」毛穎德回答得一陣心虛，因爲他根本還沒拆，糖果又不是他的菜。

「哼！」謝淳涵一臉果然的樣子，噘高了嘴老大不高興的撇過頭，「我就知道！」

「我想說糖果放著又不會壞，我忙著準備考試啊！」毛穎德隨便找藉口圓場。

唉，小女生喔！馮千靜轉過頭去，看不出來毛毛還挺受歡迎的嘛！

「老師，那個是刻意想讓你送給千靜姐的啊！」林平悅幫忙出聲了，旁邊兩個男孩子居然竊笑起來。

我？馮千靜回頭，有人喊她名字嗎？

「想說讓你送給女朋友，我們才割愛的把多的鑽石護唇膏給你耶！」謝淳涵對於毛穎德沒拆禮物有點不爽，「你不是在問我女生喜歡什麼嗎？我們就覺得送這個不錯，我跟糖果放在一起了！」

他問那個是——哎喲！誤會大了啦！

「女朋友？」馮千靜愣了一下，「你什麼時候交女朋友了？」

「不就是妳嗎？」謝淳涵怔怔的問，怎麼馮千靜還一臉錯愕？

「我？」

「不是……不是這樣！妳們是在想什麼啦！」毛穎德唉唷的拉過馮千靜，「這個不重要，重要的是原來那天我身上就帶著護唇膏，這會不會就是裂嘴女找我的原因？」

「咦？可是那我呢？我又沒有！」

「這個再說！」毛穎德紅著耳根子往外頭走，「謝淳涵再聯絡，我們有事先走！」

「老師害羞了耶！」成太還大聲嚷嚷，「老師加油！」

加油個頭啊！毛穎德一身冷汗，等等回家不要突然被過肩摔就好了，加油不要被制住嗎？

馮千靜被拉著出高中校門，刻意往附近瞥了眼，潛意識找尋裂嘴女的存在。

「就等林詩倪了，如果眞的跟那個護唇膏有關係……是個愛漂亮的女孩啊！」

馮千靜半闔著眼思考，「如果是江佩玲，她就算想要也買不起……是不能買。」

「章警官那邊還沒消息嗎？我們現在只差一點點就能抓到點什麼……」毛穎德一邊說，一邊慶幸馮千靜沒有針對剛剛的事多問，「如果眞的是找有護唇膏的人……」

「那就好辦了，她這麼固定時間，要找她太容易了。」馮千靜伸了伸懶腰，她看上去很疲憊。

兩人前後進入月台，等待著電車。

「喂，這次不能再讓妳涉險了，妳是要比賽的人。」毛穎德嚴肅的說著，

「每次多少都會帶傷的，受傷怎麼站在擂台上？」

馮千靜默然不語，只是雙手插在口袋望著鐵軌，其實說不定她心底並不想打這場友誼賽，過度挑釁的後輩，眾人矚目的焦點，都不是她喜歡的比賽方式。

「就是因爲容易有危險，我才是最佳人選吧！」她皺著眉望向他，「我的反應力跟攻擊力都比你們強，眞的受傷的話傷勢也比你們輕……」

「不能老是妳一個人受傷。」毛穎德打斷了她的話語，「依照夏天那種個性……好，我不是說都是他去招惹都市傳說，但總是妳在扛，傷還沒好又一個，上次還自願擔起被第十三個書架詛咒的風險。」

「你們扛更慘吧？」她扯扯嘴角。

「總是得讓我們扛扛看。」電車抵達，他們依序進入，「妳專心準備比賽就好，再不想去也得比，妳可是職業的。」

馮千靜拉著拉環，瞥了他一眼，心窩其實覺得暖暖的，「謝了。」

她輕拍他的臂膀，她沒有對每次的遇險有怨言，因爲於她只是受傷，如果換作別人說不定會有更糟糕的情況產生。

不過面對毛穎德的關心，還是令人挺舒服的。

「欸，你什麼時候交女朋友了啊？那夏天怎麼辦？」

「……喂！」

第十一章 殷切的嚮往

兩個小時後，章警官終於來電，告訴馮千靜他們找到月台上的女孩了！正如大家所推斷的時間，有個少女總是會在四點到五點間，坐在陽穗高中的月台那兒等人，正是因爲放學時間人潮眾多，所以並沒有人注意到她。

但她不是等父親，因爲她的爸爸無所事事的在家裡，等著她帶東西回去。

有個男人總是將頭壓得很低、戴著鴨舌帽，會假裝坐到少女身邊，下一班電車來之後又會上去，這行跡可疑得讓警方放大查看，看見了他與少女的交易；兩個人動作都很快，少女左手捏著東西，男人取走，同時也塞了東西進她的掌心。

男人一上車，少女轉身出站；站務人員對那少女很有印象，幾乎每個人都記得她，因爲同站進出，少女說她是去那邊等媽媽的，聞者心酸，所以沒有人起過疑心。

章警官不這麼認爲，他覺得是毒品，那位父親把該養孩子的錢、供孩子上學的學費，全部都拿去買毒了，逼迫女兒工作掙來的錢，也沒餵飽孩子，只怕買酒買毒去了。

而在站務人員的證實下，也確定了那少女的下巴靠近頸子的地方的確有顆痣，深咖啡色的星星形狀。

「都市傳說社」裡一片死寂，站務人員已經證實了常在月台上的少女就是江佩玲，幾乎已經確定了裂嘴女是江佩玲的可能性高達九成。

「警方已經掌握了江佩玲生父的資料，正在擴大搜索。」夏玄允站在白板前，語重心長的看著大家，「而且我直覺江佩玲就是裂嘴女，我們必須在下一個人被剪開臉頰前阻止她……她們。」

今天的社員大會有先挑明，夏玄允希望找人到現場作餌，合力制止裂嘴女的行爲，所以會怕的、膽小的就千萬別來了；過來的人不少，有深知事態嚴重的、有單純好奇的，也有元老級的社員——以前曾被都市傳說戕害過的人。

每到這時毛穎德就會深深覺得，果然不怕死的不只是夏天一個……

「我們分成兩批，陽穗高中那邊的裂嘴女出現得比較早，我們需要有人扮高中女生，配戴這個護唇膏。」郭岳洋拿起閃亮亮的護唇膏，「可以擦一下更好。」

因爲起子後來想起來，蕭妤珊被剪開臉頰的那晚，公車上的監視器顯示她轉醒時，有對著黑暗的窗戶抹護唇膏……說不定，裂嘴女是在那時出現？或是引起了殺機？

而林詩倪做的抽樣調查也已經確定，百分之百都擁有去年美妝店的限量鑽石護唇膏贈品。

大家面面相覷，隱身在鐵櫃後的馮千靜有點不安，聽著外頭的靜默，在心裡倒數十秒，十秒一到再沒人，她就要站出去了，十、九、八、七……

「我去。」熟悉的聲音響起。

馮千靜倏地起身，走出鐵櫃，看著背對著她、手卻舉得很直的林詩倪。

「不行！妳膽子沒這麼大，反應又很慢！」馮千靜立刻出聲，望向夏玄允，「林詩倪不可以。」

林詩倪鼓起腮幫子回頭，「馮千靜，妳是在擔心我還是在損我啊？」

「哈哈哈！」現場忍不住一片笑聲，馮千靜都沒留意到自己拐了彎說人膽小又反應遲頓呢。

「我是認眞的！」這廂越說越嚴肅，「萬一制止不成，裂嘴女抓狂的話……」

「我已經遇過了，還一口氣兩個！」林詩倪站了起來，驕傲得跟什麼似的比了個二，「再一次我ＯＫ的，反正妳不行去就是了！」

「對，不能再讓馮千靜涉險。」連黃宏亮都出聲，「我們這麼多人，沒問題的。」

「遇到歸遇到，這次是要跟裂嘴女對嗆，狀況不一樣。」馮千靜搖了搖頭，「那些東西有時候力氣超大又毫無理智，萬一出狀況林詩倪根本沒辦法——」

「我去。」倚在白板邊的毛穎德幽幽開口，「我去就好了，我比誰都瞭解狀況，反應也夠快。」

「毛毛……」夏玄允詫異的回頭，「可是……萬一……」

下頭一陣竊笑，林詩倪這種弱女子自願時，夏玄允一句話都沒說，瞧瞧毛穎德才說要自願，他就擔憂得跟什麼似的？

「毛毛其實應該可以吧。」郭岳洋認眞的看向夏玄允，「他的確比林詩倪適合多了。」

「洋洋，可是……」夏玄允一臉憂心忡忡，毛穎德只是輕笑。

「你們兩個沒辦法的就別吭聲了，我去就是，反正大家都在。」毛穎德立刻站直身子，「我們挑定一個地方，請大家事先做好路障讓大家繞道，時間到的時候我就在那一帶徘徊等裂嘴女的出現。」

「然後呢？」有人不安的問，「要怎麼制止她？你要跟她溝通嗎？」

「她會講話吧？」雖然只會在那邊我漂亮嗎，但他也看過她哭喊求饒的模樣，被髮膠噴的時候，她才想起那種驚恐，長期在家暴下的壓力，因此舊景重現，她尖叫著護著頭髮，因爲她不想噴上髮膠，也不想被剪去頭髮。

「我想試著跟她講講看，我總覺得她不知道自己在幹嘛。」

馮千靜望著白板上的分工圖，毛穎德去她倒是沒什麼意見，而且他有一點點敏感體質，說不定眞的能跟裂嘴女溝通順利，再不成……至少還有言靈可以用，雖然他的言靈爛到不行，但是再差，還是救了她兩次。

「接下來是幼稚園這一區。」夏玄允知道毛穎德心意已決，立刻跳下個話題，「這眞的需要女生……林詩倪？」

「夏天！」馮千靜出聲，剛剛她說的都是廢話嗎？

「馮千靜，妳相信我吧，我雖然沒妳強，但好歹讓我試試。」林詩倪有些無奈，「至少幼稚園這個是孩子！」

可是……馮千靜還想說什麼，就見郭岳洋從大家的座位中穿過來，將她推到一旁的椅子坐下。

「知道妳擔心大家，但是大家難得想幫忙嘛！」郭岳洋輕聲的說，「沒有每次都讓妳受傷的理由。」

「郭岳洋……」馮千靜擰眉，大家都介懷這點嗎？「那點傷不算……」

「妳要比賽了。」郭岳洋大眼睛閃爍星光，輕聲細語，「我買了第一排的VIP席耶……」

郭、岳、洋！

「就林詩倪吧，我想那孩子找的無非是學生或是老師，林詩倪她也認識。」

毛穎德逕自決定，「只要是從幼稚園走出來的都有機會，所以我們也是試試看。」

「那林詩倪遇到那孩子要怎麼辦？」黃宏亮發問，「我們不知道她的弱點、也不知道她是誰，跟她說不要害人她聽得懂嗎？」

「我們要準備一大堆的糖果，小孩子是可以用糖果釣的，然後跟她聊聊，看能不能問出她是誰，或是為什麼要在那裡……林詩倪說過她討厭哭跟尖叫，我們必須避開這點。」夏玄允條理分明的說，「其他人淨空那條巷子，還有大家糖果跟髮膠依然隨身準備，萬一孩子失控，丟糖果就對了。」

怕就怕糖果也沒效的時候，該怎麼辦呢？

「我認為那個小孩子也是想唸幼稚園，兩個裂嘴女都有遺憾、都有嚮往，小孩子其實比少女難溝通，林詩倪可能要有耐心一點。」郭岳洋永遠都為他人著想，「用幼稚園老師的想法跟語氣去誘導她，千萬不要斥責，我總覺得那位裂嘴女的過去也不會太單純。」

其實大家都猜得到，這麼小就離世，又被毀容，只怕又是另一個暴力事件的犧牲者。

林詩倪沉吟著，點了點頭，「我想去找那位……王慈薇談談。」

毛穎德欣然同意，這是最好的方式。

「速戰速決，我們明天行動。」夏玄允決定了時間，遠遠的看向馮千靜，「小……馮同學，妳覺得要跟警察說嗎？」

馮千靜搖了搖頭，「還沒發生事情講什麼？多講的！幹這麼危險的事，你們要先想好退路啊！」

唷，夏玄允挑了挑眉，朝郭岳洋跟毛穎德扔了眼色，講得這麼大聲，每次都往危險衝的人是誰啊？就不信她每次都有想好退路！她只是憑藉著堅不可摧的信念跟有危險就通殺的想法去做而已。

認眞的說，他們三個都比她想得更多。

馮千靜通常只在意兩點：「迅速解決」與「比她弱的同伴不能受傷」而已，根本不存在什麼通盤計畫，她的計畫就是把妨礙解決掉！一如站在擂台上時一樣，把對方解決掉就是獲勝，這麼簡單。

也就是這樣，每次負傷的才會是她，看著她帶傷依然在家練習拉筋跟格鬥技，任誰看了也會難過。

所以這一次，才不能再讓她涉險。

社員開始分開討論，夏玄允要求大家不能說出去，這件事一旦傳出去就會造成危險，怕有人跑去那邊觀看，把都市傳說當熱鬧的話，只怕會自找死路。

「喂，你們挑明天幹嘛？」馮千靜趁空走上前，不悅的對著毛穎德，「我明天要去練習場耶！」

「是嗎？」毛穎德轉了下眼珠子，「問題是妳又沒參與，妳去幹嘛？」

他們當然知道馮千靜明天要去練習場，大家的課表跟特殊行程都寫在紙上，黏在冰箱上頭，就是刻意挑明天的啊！要不然讓馮千靜在現場「旁觀」？她做得到就不是馮千靜了！

「那是不分青紅皂白的裂嘴女耶，抓狂起來你們真的能應付？萬一規則都不算了……」

「不是只有妳一個人有鍛練好嗎！」毛穎德沒好氣的指指自己，「黑帶，馮千靜同學，好歹我是合氣道黑帶。」

「咦？」馮千靜愣住了，望著他眨了眨眼，「你怎麼沒說過？那——」

「我就是不想陪妳練習。」毛穎德擺出一副妳想怎樣的臉，惹得馮千靜吹鬍子瞪眼。

「小氣！」居然有黑帶，這樣練起來才有意思吧！

不然每次在家裡拿夏天或是郭岳洋練習，這兩個沒用的動不動就只會哀哀叫，卍字固定連掙扎都不會，太沒趣了！

「別搞得我心神不寧。」馮千靜馬上就已經開始擔心了，「我說，我們就不能也帶剪刀也去剪她嗎？」

咦？寫白板寫到一半的夏玄允呆愣住了，毛穎德瞠目結舌的望著她，連郭岳洋都倒抽了一口氣，轉過來看著說得從容的馮千靜。

本來就是啊，萬一抓狂起來，看誰剪誰是吧！

兩秒後，夏玄允正首，豪不猶豫的在攜帶物品上寫下了「剪刀」兩個字。

四點，在陽穗高中附近的一處巷弄，大學生們建立了路障，說正在拍戲請大家繞道而行，他們當然不敢挑交通要道，否則該怕的就是用路人而非裂嘴女了。

爲了確保落單，主要巷道內完全沒有任何社員，毛穎德跟成太借了制服跟書包，僞裝成高中生，還將護唇膏直接拿在手上，深怕裂嘴女看不見。

希望在放學前解決，一旦放學學生蜂湧而出，就會讓大家分心的。

說不怕根本騙人，裂嘴女的凶殘大家都知道，書包裡都是防禦性武器，剪刀他也帶了，馮千靜那席話眞是驚醒夢中人，只怕她沒那個意思，但是大家想的都一樣——江佩玲如果眞被剪刀傷過臉，她應該會有所反應。

不管是恐懼還是生氣，有情緒總比沒情緒好，再不然，他也的確可以以其人之道還施彼身。

訊息的震動來自馮千靜，要他小心，他深吸了一口氣後，走進了那巷中。

放眼望去一個人都沒有，他應該要給對方一點出現的機會吧，萬一她不知道怎麼從容的出來怎麼辦？眼前的巷弄間完全沒有岔路啊，這樣子是不是太爲難人家女孩子了？

『毛毛注意，有人進巷子了。』藍芽耳機傳來夏玄允的聲音，『慢跑者，穿著運動服……是女生，戴著口罩。』

「鞋子。」他低語。

夏玄允打量了一下，『有穿鞋。』

足音噠噠而來，毛穎德回頭去看，穿著黑色運動服的女性正往他這邊奔來，規律性的跑著，他刻意讓到一邊去，好讓她能夠順利奔過，女子瞥了他一眼，步伐沒有停下，掠過他而去。

臉不紅氣不喘，他甚至連一滴汗一聲喘息都沒看見。

就在這時刻，她的腳步慢下來了，她回頭望著他，步伐近乎停止，用一種狐疑的眼神，最終轉過身來。

眞進步，連鞋子都能換上了。

毛穎德緊握著護唇膏，微微笑著也走上前，就像他原本就要往前走一樣的自然。

「我漂亮嗎？」

果然，在他即將掠過她時，女孩子開口了。

毛穎德向右看著她，這身高身形都不該是江佩玲的，她們只是在裂嘴女的身上，或是心裡的苦化成了裂嘴女的形象。

他揚著指間上晃動的護唇膏，「想要嗎？」

她雙眼倏地瞪大，金紅雙圈瞳孔閃耀著，敵意瞬間湧出。

「不是很想要這個嗎？」毛穎德巧妙的面對她，卻在轉身時刻意再往後退了一步，拉開距離，「看，很漂亮吧！護唇膏帶著點淡淡的粉紅色，櫻桃的香氣……」

她的眼神轉爲瞪視，「我漂亮嗎？」

「妳說呢？」毛穎德從口袋裡拿出鏡子，「妳多久沒有照鏡子了？看看妳自己變成怎麼樣了，江佩玲！」

喝！裂嘴女瞪圓雙眼，驚恐的避開鏡子的倒映，「走開——啊啊——啊！」

她踉蹌的躲到一旁，全身開始顫抖，蹲在地上不停的喃喃自語，黑色的運動服化爲黑色的外套，披在她單薄纖瘦的身子上。

「江佩玲，這是妳的名字吧？」毛穎德不敢妄動，依然站在原地，「妳告訴我，妳漂亮嗎？」

他把鏡子扔了過去，裂嘴女嘎呀應聲跳起，驚恐的往後面的水泥牆撞上，「拿走！拿走……我不要！」

「把口罩拿下來，讓我告訴妳妳漂不漂亮。」毛穎德小心翼翼的盯著她的舉動，「來，再問我一次……」

電光石火間，裂嘴女竟立刻衝到毛穎德面前，他嚇得大跳一步，因爲她差點就撞上他的鼻尖了！

這麼快！毛穎德心裡大叫不妙，裂嘴女眞的可以參加奧運啊！

她怒目瞪視著他，俐落的摘下了口罩，露出那死白的臉、醜陋的裂嘴傷痕，用那不規則裂口的大嘴巴咆哮：「我——漂——亮——嗎？」

毛穎德早有準備，更快的拿出另一面更大面的手鏡，就放在她的面前，「照照鏡子吧！這是妳的樣子嗎？江佩玲！」

喝！裂嘴女措手不及，突然看見眼前鏡子裡映著的自己，顫抖的手撫上自己的臉頰，她緩緩張開嘴，看著自己的血盆大口。

「啊啊……啊啊——啊啊啊啊！」裂嘴女忽而抱頭大叫，她歇斯底里的不間斷大喊，氛圍陡變。

髮膠髮膠……毛穎德左手放進口袋裡，確保髮膠是在的，她生氣了，用不到敏感體質都能感覺得出，周遭氣氛都已經變化，只是他比別人看得見的……是裂嘴女剛剛的臉上在瞬間浮現出另一張臉。

看不清楚，但說不定真是江佩玲。

下一秒，裂嘴女一抬頭，直接就撲至，毛穎德即刻從口袋裡拿出髮膠，但是他連按下都來不及，裂嘴女速度驚人，一眨眼來到他面前，伸出左手就把他的髮膠罐揮掉了！右手的剪刀疾速的從他頰邊滑往嘴角，意圖要夾住臉頰！

「江佩玲，傷人是沒有用的！」毛穎德更快的用自己的左手擋下她拿剪刀的右手，順勢向外推，迫使剪子遠離臉頰，「想上高中、想要當高中生，剪開別人嘴角是沒有幫助的！」

「啊呀——」裂嘴女狂亂的吼著，毛穎德在心裡說聲對不起，伸腳一踹把她給往後踹開。

髮膠罐滾落到遠處，他只用眼尾瞥了一秒，他跑去撿的速度絕對不如裂嘴女衝向他的速度。

果不其然，僅僅分心兩秒，才遠離的裂嘴女立刻又衝上來了，毛穎德一再的擋下，雖然她速度快，但是動作不若流暢，只知道用蠻力想把剪刀伸進他嘴裡而已。要剪刀的話，他也有——毛穎德雙臂交叉扣住她的手臂，使勁向旁扭轉將她推離，緊接著飛快的拿出他的剪刀，手指套入。

裂嘴女連一秒都不歇止，才踉蹌立刻不正常扭身就衝過來，毛穎德立刻扳動剪刀，刀刃發出唰唰聲響。

喝！裂嘴女高舉的手停了。

她不屬於人類的眼睛緩緩的、慢慢的看向他手裡不停夾動的剪刀，駭人大嘴微微顫抖著，眼神從暴戾瞬間轉爲驚恐。

「啊啊，不不不！不要！」她嚇得用雙手掩住臉頰，「不要！爸爸！求求你，我不要——」

糟糕，她想逃了！毛穎德沒料到剪刀居然比髮膠還有用，不能讓她跑啊！她一旦跑了怎麼溝通啊？

「想上高中嗎？」他衝口而出，連忙放下拿著剪刀的手，映到身後去。

咦？裂嘴女停住了，她盯著他，但雙手仍抱著頭，戰戰兢兢。

「把國中唸完，去上高中？」他平穩的說著，「穿上制服，跟同學們一起玩……放學後去吃冰，去美妝店……」

「上學，」裂嘴女終於吐出了不一樣的字，「上學去……」

「對，上學。」毛穎德有點慶幸終於有點正常了，留意到自己的左手臂，血花從裡面滲了出來，剛剛的亂戰中還是被割到了。「還可以買漂亮的護唇膏。」

他趁機再度撿起就在地上的護唇膏，搖晃著，好讓裂嘴女瞧清楚。

可是，她卻突然一臉驚駭，拼命的搖著頭，「不不，我只是喜歡那個顏色而已，那不是口紅，對不起對不起……我不是故意的，我沒有擦口紅，我沒有要像媽媽一樣！」

怎麼回事？毛穎德怔住了，她在說什麼？她並沒有嚮往這個護唇膏，還是……已經擁有過了嗎？

「我變成這樣怎麼去上學！」裂嘴女嘴巴忽然撐得無限大，「這麼醜、這麼可怕——我好痛啊！」

裂嘴女的嘴巴忽地大到可以咬下他整顆頭！毛穎德才在做這個假設，那張駭人嘴眞的就朝他咬過來了！

有沒有搞錯啊？她剛剛不是還脆弱無助嗎？毛穎德慌張的想要拔腿就跑，但思及逃跑的下場，他原地翻滾兩圈，拿到距離內的書包旁，二話不說就把書包整個塞進那血盆大口裡。

「對不起了！」毛穎德大喊著，一把抓過裂嘴女的頭髮，張開手裡的剪刀就剪了下去。

「哇——不要！不要——不要剪我的頭髮！」果然如他所料，裂嘴女噗哇的吐出書包，再度歇斯底里，「我再也不敢了！我不敢抹口紅了、我不敢再說要去上學了！」

不敢再抹口紅了……啊啊，毛穎德凝重的皺起眉，她果然已經擁有過這個護唇膏了嗎？一切是因爲這個嗎？

那天在超市裡他看見的是什麼？對著鏡子微笑的少女，嘴上有的淡淡的粉色、鏡子裡倒映著她、外頭破舊的招牌，還有一張如惡鬼般凶惡的臉。

男人拿起髮膠對著她的臉、抓過她的頭髮剪去她的長髮，最後……對她做了什麼？

『毛穎德！你在幹什麼？』耳邊傳來驚叫聲，毛穎德嚇得回神。

只是才瞪大眼，眼簾前只看見銀色亮晃晃的剪刀……是的，這麼峰利的剪刀是美髮剪，江佩玲在美髮院幫忙啊！

唰——毛穎德及時閃避，但依然差了一步，剪刀就算沒有伸進他嘴裡，銳利刀刃還是在他臉上劃出了一刀血痕。

血珠四濺，蹲踞的毛穎德失去重心，整個人往後倒去。

但是，都市傳說是不會停的，裂嘴女張牙舞爪的撲上前，一轉眼膝蓋就壓在他身上，左手一如往常的箝住他的下顎，迫使他張開嘴巴。

「大家都跟我一樣的話，就不會有人笑我了！」裂嘴女尖笑著，「一起變漂亮吧——」

剪刀迅雷不及掩耳的鑽入他的嘴裡，毛穎德雙手伸起握住裂嘴女的手，刀尖就在他嘴角邊，但是裂嘴女的力氣竟如此之大……他一鬆手、只要一鬆手刀刃就會滑進來，開什麼玩笑！

她有沒有邏輯觀念啊，沒有裂嘴男吧！

「不要發愣啊你們！」毛穎德終於求救，「快點把她弄走！」

喝！裂嘴女忽地察覺到什麼，倏地往左看去，卻陡然一僵。

感覺到手中抵擋的力道鬆了，毛穎德不敢輕易驚動她，而是將頭往旁撇了點，萬一她又使力，刀刃可以掠過他頰邊直刺向地面。

『毛毛，你伺機而動。』夏玄允的聲音低沉的傳來。

裂嘴女後是郭岳洋，他隻身前來，身後沒有其他的人，只有他一人帶著微笑，捧著手裡的東西向著裂嘴女。

那是一疊折妥燙好的制服，還有一個嶄新的書包，書包上面，放了一雙新鞋子。

「這是妳的吧？找妳找好久喔！」郭岳洋溫柔的笑著，只有毛穎德知道他其實正在壓抑顫抖，「妳的制服，喏，拿好了。」

裂嘴女的手離開了毛穎德的嘴邊，但是剪刀尚未離開她的手，殺氣已然消失，她的雙眼現在都只放在制服及書包上，想要伸手去觸碰……冰冷的手微顫，她拿著剪刀的手讓郭岳洋相當膽戰心驚。

「剪刀劃到衣服怎麼辦？」他笑著，「放下來吧！」

裂嘴女頓了一下，默默點著頭，鏗鏘聲落地，毛穎德這才覺得安全許多……他慢慢的撐起身子，動作都不能太大，耳機那頭屏氣凝神，他知道夏玄允比誰都緊張。

因為獨自前來的，是最膽小的郭岳洋啊！

裂嘴女欲伸手，忽地又縮回，不安的握著自己滿是泥污的手。

「沒關係的。」郭岳洋把衣服再往前推一點，「喏，拿去。」

陽穗高中

他一顆心臟都要跳出來了，無法壓制自己抖得比裂嘴女嚴重的手，硬把整疊東西塞進她手裡。

啊……裂嘴女微張著嘴看著手裡的這疊衣服，幾乎像是定格一般。

「我可以……」她斷斷續續的問著，連聲音都不一樣了，「上學……」

「當然可以，這妳的制服跟書包。」郭岳洋悄悄瞄向裂嘴女身後的毛穎德，他已經準備站起來了，「每個人都能上學，妳沒有什麼不一樣。」

「可是我……」裂嘴女突然抬起頭，郭岳洋差點尖叫出來。

這是他第一次看見裂嘴女……不，是看見江佩玲。

他認得這張臉，章警官給他們看過，是帶著稚氣的十四歲少女臉龐，她的左邊嘴角果然有裂口，不如想像中的大，但傷口銳利平整，大概剪開五公分左右，而右邊臉頰刀痕處處，每一處都是綻裂開的駭人。

究竟是誰下的手？

「只要妳唸完國中，畢業後就可以唸高中了。」他小心翼翼的從口袋裡拿出一張東西，「瞧，這是妳的學生證。」

還有學生證!?毛穎德簡直瞠目結舌，郭岳洋準備這些完全沒跟他們說啊，他是什麼時候弄的？

學生證好整以暇的擺在了書包上頭，江佩玲詫異的拿起那張仿製的學生證，她驚愕的看著，湧出的淚水瞬間模糊了她的視線。

「我……」

「不必再問別人妳漂不漂亮了，不是把別人變得跟妳一樣才能上學。」郭岳洋一字一字慢慢的說。

「謝謝……謝謝你！」江佩玲望著他，激動的哭了起來。

她闔上雙眼，臉上的淚痕叫郭岳洋看了於心不忍，他看著滑下來的淚水，眞沒想到都市傳說也會哭耶！

裂嘴女緊緊捧著制服與書包，手裡捏著那張學生證，深怕放開就會消失般的緊窒。

郭岳洋不知道江佩玲究竟明白到哪個階段，知不知道自己已經不在人世，知不知道她永遠不可能唸高中，連國中畢業都做不到。

但是，既然她這麼嚮往高中生活，何不一圓她的夢想？她會變成裂嘴女，不也是因爲這些嚮往嗎？

毛穎德動作很輕，暫時不想打擾前面的氛圍，不得不說郭岳洋有他的一套，他深刻的去思考江佩玲的心理，選擇了另一種不一樣的溝通方式。

裂嘴女沒有消失，郭岳洋不知道該怎麼辦，僵在原地有些遲疑，電視上演的狀況……這時候她應該已經走了吧？還有什麼心願未了嗎？

啪！裂嘴女倏地跳開眼皮，殺氣逼出，嘴巴一張跟著又裂成那裂到耳下的猙獰模樣——

「你以爲，就這麼些東西就可以騙我嗎！」她的聲音竟變了，「我到底漂不漂亮？」

她飛快的重新拿起就在腳邊的剪刀，這次不打算剪了，直接就著郭岳洋的臉上要刺進去！

「哇啊——」郭岳洋嚇得一屁股坐上地，連站起來逃跑的力氣都沒有！

「郭岳洋！」毛穎德從後面擒抱住裂嘴女，「跑啊！給我站起來！」

「啊啊……」郭岳洋不停向後滑著，踉踉蹌蹌的起身，遠遠的其他社員都衝過來了。

一人一瓶髮膠，手刀狂奔。

毛穎德將裂嘴女往後拉開，整個人背部倒地，裂嘴女輕巧疾速的自他雙臂間滑開，一翻身就在他上方，又是剪刀招呼過來。

「妳應該去問妳爸爸！江佩玲！」

他大喝著，裂嘴女瞪圓雙眼，觸及他臉頰的刀勢止住。

下一秒，裂嘴女倏而抬首，望向不知名的遠方，一躍而起，竟往巷尾狂奔而去。

「毛穎德！」社員們手持髮膠罐奔至，卻傻傻的望向巷子深處。

裂嘴女怎麼突然就這麼……跑了？

「毛毛！」夏玄允滑步而至，心急如焚的蹲到他身邊，「天哪！你受傷了！」

毛穎德緊繃的身體被夏玄允攙起，手背滑過臉頰，一片鮮血，「只是劃傷，沒剪開就是萬幸。」

「叫救護車！」夏玄允慌張的拿出手機，「不得了了，我就說不該一個人……」

「夏天，夏天……夏玄允！」毛穎德暴吼一聲，嚇掉了夏玄允手上的手機。

他輕嘆口氣，微笑著將他的頭攬了過來，「不要慌張，我沒事，我沒事。」

夏玄允痛苦的緊皺起眉，高舉雙臂就環住了他的頸子，「你嚇死我了！毛穎德，以後不能再搞這種事情！」

哇……大家悄悄交換眼神，難道社長跟毛穎德他們……咳。

「又不是故意的。」毛穎德接過社員遞給他的面紙，壓住傷口，「誰曉得她速度快到誇張！」

「郭岳洋呢?」

「他沒事!」

幾個人攙著腿軟的郭岳洋出現，他這才知道怕，「裂嘴女呢?人呢?」

郭岳洋抹著淚，夏玄允走過來大力的擁抱他，呆頭笨蛋都說了一輪，但是卻又覺得他好厲害。

「不知道跑哪裡去了!」毛穎德聳了聳肩，趕緊站起身，「大家快趕去下一站吧，幼稚園那邊快開始了。」

「這樣就結束了嗎?」社員們不解的問。

「裂嘴女都走了，我們也先撤了吧，幼稚園那邊比較重要。」有人提議，「還有毛穎德的傷口雖不嚴重，但還是要去醫院一趟。」

「謝謝。」他點點頭。「另一邊事情結束我就去。」

大家只覺得裂嘴女無緣無故消失，但他怎麼能說……適才情急之下，他使用了言靈。

二十四小時只能使用一次，而且必須用在日常生活上的雞毛蒜事，他想……讓孩子去找爸爸應該是很家常的事吧?

畢竟，父母本就不該拋棄孩子啊!

一行人飛快的收拾裝備出發，夏玄允環顧四周，不知道有沒有人發現……制服、球鞋、書包還有學生證都不見了呢？

第十二章 單純的渴望

林詩倪心臟跳得很快，她不停的深呼吸，確定了所有東西都齊全時，手機傳來陽穗高中那邊的狀況，裂嘴女抓狂了，速度快到毛穎德來不及反應髮膠還被打掉！

「我帶兩瓶好了。」林詩倪跟男友說著，把另一瓶髮膠放進包包裡。

「這樣可以嗎？我看高中那邊狀況很不好啊！」阿杰憂心忡忡。

「我們這邊這個是小孩子，應該還好。」林詩倪說話都結巴了，「跟大家都講好了嗎？」

「嗯，老師們帶小朋友到大禮堂去玩，警衛那邊黃宏亮在溝通。」阿杰握著林詩倪手，知道她其實很害怕，「還是我來好了。」

「我是老師，我比較像幼稚園老師啦！」林詩倪輕輕推開他，「馮千靜可以的話，我也行的，只要有勇氣！」

「呃……」阿杰不知道該怎樣說，每個人的勇氣值好像不太一樣？「我只是很擔心，妳一定要提高警覺，萬一裂嘴女的狀況不對，大把糖果往她身上丟就是了。」

林詩倪用力點頭，黃宏亮小跑步過來，「我跟這個新警衛說了，無論發生什麼事都請他按兵不動，不過他很怕出事會怪到他頭上。」

「園長不是已經跟他說過了嗎？」之前熟悉事情的陳警衛偏偏今天不在，今天這位警衛之前都沒看過，他只知道這間幼稚園有出事，本來就已戰戰兢兢了，現在他們這個陣仗，其實那個警衛相當不甘願。

「好了，我走了。」林詩倪再一個深呼吸，阿杰遞上了剪刀。

她望著那剪刀，如果可以，眞希望不要用這個再嚇到孩子一次。

『林詩倪，準備好了嗎？巷子現在沒有人了！』藍芽耳機傳來學長的聲音，『五、四、三、二——』

出來。

人影從容的走出幼稚園大門口，手上還刻意拿著一本幼稚園的歌本，由於這一地帶的裂嘴女幾乎只針對這所幼稚園學生跟老師，所以大家認爲從幼稚園出來的老師，遇到裂嘴女的機會最高。

巷子口跟幼稚園圍牆上頭安裝了視訊鏡頭，跟著林詩倪的身影走，她隻身一人走在無人的巷道，前往熱鬧大路的方向，這條巷子已經被社員在外做第一層阻攔，至少外面沒有人會刻意彎進來，不過一旁巷裡的居民就不能妨礙他們進出。

只是這條巷子有許多小岔路，誰也無法預料裂嘴女自何處出現。

夏玄允等人狂奔而至，一路抵達巷子口的「指揮中心」，社員看到他們全身而退莫不歡欣鼓舞，毛穎德壓著臉上的傷口盯著電腦螢幕。

「那是林詩倪嗎？」毛穎德狐疑的皺眉，「身高不對啊！」

「咦？」有人錯愕的看著，「是、是嗎？」他看不出來啊！

「林詩倪才一百六不到吧？」連郭岳洋都看得出來，「這個女的很瘦又超高的……誰？」

夏玄允立刻拿過聯絡人的耳機，「喂！聽得到嗎？我是夏天，那個女的是誰？林詩倪呢？」

螢幕裡的女人穿著普通的褲裝，身上揹著的包包、拿著的歌本的確都是他們事先準備的，但是個子高瘦、紮著馬尾，而且也戴著口罩！

『喂……夏天！』這聲音又急又慌，『王老師拿了我的包包跑出去了！』

咦？毛穎德詫異的瞪著螢幕，王慈薇？

王慈薇從容的往前走著，經過左邊的岔口時，冷靜的以眼尾瞟去，目前為止沒有人；好，再幾步路，那邊的小路幾乎是最後的機會了——

「我漂亮嗎？」

冷不防的，聲音竟從左後方傳來。

她止住了步伐，聲音在左後方啊……剛剛並沒有人啊！王慈薇喉頭緊窒，捏緊歌本，感覺到那個人正由後往前走來，她雙眼瞄著地板，直到滿佈泥濘的腳出現爲止。

「老師，」果不其然，對方喊了她老師，「我漂亮嗎？」

出現在她面前的，是那熟悉的身影、及肩的亂髮、戴著口罩……穿著紅色外套的女孩！

昨天那個大學生來問她該怎麼應對小朋友時，說出了他們大膽的計畫，她知道不管怎麼教，這大學生沒有實際經驗、加上慌亂恐懼，難保會出事；而她，身爲裂嘴女的受害者、身爲一個幼稚園老師，理應要親自面對這位可能是小孩子的裂嘴女。

「那妳覺得我漂亮嗎？」王慈薇輕聲的說，傷口未痊癒，嘴巴不能張太開說話。

裂嘴女擰眉，顯然不很滿意她的答案，「我，我漂亮嗎？」

王慈薇默默的取下自己的口罩，露出那駭人的縫線傷疤，「我呢？」

從未有受害者跟裂嘴女面對面的經驗傳說，毛穎德緊張的瞪著螢幕瞧，王慈薇究竟在想什麼啊!?

裂嘴女明顯的瞪圓雙眼，她看著王慈薇臉上的傷，居然噗哧一聲笑了起來，

「一樣……嘻，我們一樣！」

「妳剪的，忘了嗎？」王慈薇大膽的面對著裂嘴女，「是妳把我變成這個樣子的，跟妳一樣——妳覺得這樣會漂亮嗎？」

「嘻嘻……」裂嘴女彷彿沒有聽見她說話似的，笑得越來越開心，「一樣的耶，哈哈哈！一樣！」

她大笑著，也摘下了自己的口罩，老實說她的嘴裂得比較可怕，但一樣的醜陋噁心，實在沒什麼好比的。

「開心了嗎？爲什麼要傷害人？」王慈薇心疼的望著眼前的女子，據那大學生所言，只是外形是大人，但實際上的靈魂只怕是個孩子，「爲什麼要拿剪刀到處剪人？」

裂嘴女沒有回答她，她只是用詭異空洞的眼神，吊著眼珠子打量她，裂到臉頰中間的大嘴微張，用一種不解的眼神。

「爲什麼妳可以當老師？」裂嘴女莫名其妙提出了質疑，「這張臉怎能當老師？妳怎麼可以從那裡出來？」

「教育與外貌無關吧！我長怎樣跟我是個老師是沒有關係的。」王慈薇勉強擠出笑容，「有人跟妳說長這樣不能來嗎？」

裂嘴女帶著不解與忿怒，剪刀已經握在手中，「不行……不行唸幼稚園，大家都說不可以！」

王慈薇除了包包外，也一併取走林詩倪身上的麥克風，所有人一樣能看見影像並聽見對話，氣氛無疑的更加緊張，郭岳洋緊握著拳，開始喃喃唸著，「衣服啊，給她衣服啊！」

「衣服？你用同一招啊？」毛穎德有點詫異，「你什時候去準備這些的？」

「有心的話時間不是問題，我猜那是想進幼稚園唸書的小女生，準備了相關制服……但是幼稚園沒有制服，所以我準備了體育服、水壺跟一些課本。」郭岳洋還一臉惋惜，「臨時我想不到更周全。」

「已經很周全了，洋洋。」夏玄允語氣裡充滿讚嘆，「你已經想到我們沒有思考過的部分了。」

「拿出來了！」社員低語著，螢幕裡顯現王慈薇從袋子裡拿出了東西。

她將裡面的衣服跟水壺拿出來，動作不敢過大，就怕裂嘴女會激動，「我不知道誰跟妳亂說的，但是不管是誰都可以來學校的喔！」

裂嘴女望著從袋子裡拿出來的東西明顯的嚇一跳，她用一種新奇的眼神看著那套衣服，還暗暗哇了聲。

「這是妳的喔，來學校時要記得帶水壺。」王慈薇強調了卡通圖案的水壺，這冰雪女王圖案的東西現在可風靡了。「還有運動衣……」

裂嘴女歪著頭，幾乎像是定格一般動也不動，她盯著王慈薇手上的東西，終於緩緩伸出手，第一個觸碰的就是那個卡通水壺。

「我的？」她用一種閃閃發光的臉色問的。

「對。」王慈薇觀察著，那是孩子的神態，她正欣喜於卡通水壺跟那雙螢光粉紅的鞋子，甚至是可愛的背包。

「全部都我的？」裂嘴女猛一抬頭，王慈薇立刻愣住了。

大人的身高，童稚般的臉龐，這張臉跟剛剛的截然不同，那是張幼兒的臉，卻更加令人不忍卒睹！剛剛的裂嘴女只是嘴角裂開般的醜陋，但現在這孩子的嘴唇都被剪去，左邊臉頰是燒傷的痕跡，左眼似乎也看不見，肉疤癒合相連，包裹住了她的左眼，右臉上有著刀疤，自眼尾到嘴角，凸出如蟹足腫的平滑粉紅。

她才幾歲!?王慈薇顫抖著滑下淚水，怎麼會變成這副模樣，她究竟遇到了什麼事？

「都是妳的，到幼稚園要帶著來。」王慈薇哽咽的說著，她簡直不敢相信，有誰會對小孩子下這種毒手？

身高阻礙了她的判斷，但是這絕對只是稚兒！

裂嘴女雙手接過了那一疊嶄新又五彩繽紛的用品，在巷口觀看著的都市傳說社員們差一點沒尖叫歡呼起來，夏玄允一把勾過郭岳洋的頸子，洋洋眞是太厲害了，這麼貼心的舉動，一下就收買了裂嘴女的心！

「要準時來上課知道嗎？」王慈薇溫柔交代著，「然後，不要再拿剪刀在這裡徘徊了，不要再去問人漂亮嗎？」

裂嘴女只是望著衣服，淚水從眼裡一滴一滴掉落，王慈薇心裡難受，大膽伸手撫上了她的臉。

裂嘴女明顯的一顫身子，眼神終於移上王慈薇的臉。

「漂不漂亮都可以來這裡上課的，知道嗎？」王慈薇劃上了微笑，「而且妳很漂亮的，不要再去問別人了！」

氣氛竟如此平靜祥和，毛穎德卻揪著一顆心，眞的是因爲年紀不同嗎？這個裂嘴女這麼好應付？因爲很想唸幼稚園，所以給她通行證就可以了？

但是，她剛剛提的問題讓他極度不解，爲什麼被割開嘴的人就不能當老師？就如同她不能當學生一樣？

所以她之前攻擊王慈薇、找其他學生是爲了什麼？老實說，除了嚮往之外，毛穎德還嗅到了另一層意思，例如：只要臉被剪開的人，就跟她一樣，不該進去唸書。

毛穎德忽然直起身子，等等……她那不是嚮往吧？她是故意想傷害所有在這所幼稚園裡的人！

糟糕！毛穎德急忙的奔到巷口去，他的肉咖言靈今天用過了！

望向遠處的身影，王慈薇難道沒察覺到嗎？那個裂嘴女渾身正散出一種可怕的黑氣啊！

「我很漂亮？」裂嘴女的雙眼逐漸轉紅，「少騙人了！你們大人都只會騙人而已——」

她倏地將衣服及物品全數往王慈薇臉上扔去，緊握在手上的剪刀一張，把它當小刀使用，刀刃向著王慈薇就是一陣亂劃。

「那妳就跟我一樣吧！醜八怪，你們不許我上幼稚園！我這樣子怎麼能去幼稚園——」裂嘴女的臉突然又變成一開始的模樣，王慈薇伸出手臂去擋，刀刃在上頭一道道的劃出血痕！

糖果啊！躲在幼稚園裡的林詩倪他們聽見聲音，王慈薇！口袋裡的糖果快點丟向她啊！

「啊啊——」王慈薇的速度自然不敵步步進逼的裂嘴女，她向後一絆摔上地，右手肘內側血紅一片，手臂不知道被割開了幾道，「住手！住手——」

她連慘叫都不能太大聲，因被剪開的嘴角尚未癒合。

裂嘴女哪給她喘息的機會，一骨碌跳上她的身體，粗暴的以左手包握住她的頭，使勁就往柏油路上敲去。

「如果不能上學，大家都不要上學就好了！我討厭你們、討厭老師！」裂嘴女用那血盆大口狂吼著，「妳怎麼可以把嘴縫起來……我要剪，我要把妳的臉頰剪到耳朵，全部——」

啪沙，一大堆糖果從天而降，裂嘴女倏而頓住，抬首看著繽紛奪目的糖果們，再看向一點鐘方向那個從幼稚園裡衝出來的林詩倪。

「糖果……」她沒有如同以往一般的衝向糖果大把大把的塞入口，「以爲糖果就可以再騙我嗎！大人最討厭了！」

裂嘴女倏地原地躍起，筆直衝向了林詩倪！

什麼！糖果沒效？所有人都傻了，毛穎德毫不猶豫的轉頭，抓過其中身邊社員手裡握著的道具，邁開步伐就直往巷子裡衝去！

那個裂嘴女現在不只是小女孩，還有裂嘴女本身！

「毛毛！」夏玄允大喊著，這是在做什麼!?

但是有個人影更快，毫於預警的從另一邊奔進了巷子裡，飛快的掠過了毛穎德，還順手把他手上的武器給抄走！

喂……喂！搞什麼啊！這是哪招啊！毛穎德瞠目結舌望著空空如也的雙手，誰？

幼稚園前，幸好林詩倪反應機靈，髮膠早就握在手裡，在裂嘴女衝上前時直接噴了過去！

「變得跟我一樣漂亮吧！」裂嘴女絲毫不畏懼，怒吼一聲也打掉了林詩倪手上的髮膠罐。

不，嚴格說起來不是打掉，而是拿剪刀劃開了林詩倪手，迫使她因疼痛而鬆開了髮膠！「啊！」

才想往後退，裂嘴女已經擎著剪刀殺過來，阿杰瞬間衝出來飛撲向林詩倪，讓女友躲過了裂嘴女的刺擊。

「我們有約，我們要去約會！」阿杰大吼著。

裂嘴女根本什麼都沒聽，原本是紅金雙色的瞳孔現在紅色佔了大部分，瞳仁中心的黑色開始冒出，她一轉眼又蹲到了地上，用髒污的手指直接扣住了阿杰正在大喊著的嘴巴，得意的在地上拖行！

「啊啊啊——我的嘴！」阿杰痛苦的大吼著，這樣拎著他嘴角拖行，嘴角不必剪就快裂開了啊！

「不要叫！不許尖叫！」裂嘴女惡狠狠的回頭怒吼著，「閉嘴閉嘴！」她轉過頭，張開剪刀就要從緊扯著的嘴角皮剪下。

「夠了沒啊！」

金屬剪的聲音在裂嘴女身後響起，正要動手的她瞪圓了雙眼，躺在地上驚恐莫明的阿杰更是瞠目結舌！

馮千靜手持著大型剪枝刀，那長三十公分的刀刃大張，由後架住裂嘴女的右手。

「喂，轉過頭來。」她冷冷的睨著她，「我漂亮嗎？」

裂嘴女依言回頭，只是眞的只有頸子轉動，身體無動分毫，噁心的頸部皮膚扭轉了一百八十度，馮千靜不禁皺眉。

「太漂亮了。」裂嘴女忿忿的說，只要沒有剪開嘴角的人都漂亮！

「我不知道哪個人騙妳說妳不能上幼稚園的，但一定是那個人說謊！」馮千靜的眼神沒有離開過裂嘴女的右手，只要她動一寸，她就把裂嘴女的手給剪掉。

反正她是都市傳說對吧！不算犯法吧！

裂嘴女緩緩站起身來，皺著眉瞪向馮千靜，身體終於同步的也轉了過來，「說謊……」

「對，騙妳的，那個老師都可以在這裡了，爲什麼妳不行？」馮千靜豎起每一條神經，她可沒有從眼前的裂嘴女身上感受到一絲一毫的和氣，「是誰騙妳的，妳該去問問他。」

「啊呀——」果然一句解釋都沒有，她直接就撲向了馮千靜。

馮千靜沒有糖果沒有髮膠，不過好歹她有一把巨大的剪枝刀！她擋下裂嘴女一次又一次的刺擊，不客氣的把她往牆上踹過去，迫使裂嘴女撞上旁邊一排腳踏車，腳踏車旋即跟骨牌一樣，噠達噠達的往巷口倒去。

「還不快走！」她厲聲吼著，「進去幼稚園，跟學生在一起——那個警衛，把電動鐵門打開！」

林詩倪踉蹌的趕緊扶起阿杰，王慈薇也吃力的站起，往就近的幼稚園裡奔去。

毛穎德站在二十公尺之處，剛剛就疾速的閃進了旁邊的岔巷裡，馮千靜莫名其妙衝出來，他當然暫時不會上去扯她後腿啊！

他要做的是伺機而動，萬一有狀況時才能幫忙，就怕太多人在，會妨礙馮千靜的「發展能力」。

「全部離開巷子！」毛穎德拿著手機叫社員們走開，郭岳洋冰雪，早就叫社員都撤出巷子，毛穎德順手取下剛好在牆頭邊的攝影機，這枚會拍到馮千靜他們。

裂嘴女的速度快到可怕，馮千靜幾次都差點措手不及，但是因爲剪枝刀在手，總是可以擋下逼近的剪刀；裂嘴女一直在碎碎唸個不停，馮千靜根本聽不懂，只知道她莫名其妙的在生氣。

「剪開別人嘴角會比較開心嗎？妳這變態！」馮千靜剪枝刀柄給了裂嘴女一個拐子，「到底是誰教妳的啊——鐵門爲什麼還不開!?」

是啊！爲什麼還沒開？毛穎德見狀，二話不說直接攀上圍牆，這條巷子便是幼稚園的某邊牆，他俐落一個翻身就進了幼稚園！

直闖警衛室，那沒見過的警衛兩眼發直的站在外頭，全身都在發抖。

「警衛大哥，開個門吧？」他奔向警衛。

「不行、不行……現在門不行……」警衛一句話都說不全，手上捏著電動遙控器直發抖。

「你進去跟大家躲一塊兒吧！」毛穎德輕而易舉的奪下了遙控器，順便一把拉過嚇得臉色蒼白的警衛往裡頭去。

警衛驚愕的原想奪回，但也只是意思一下，毛穎德揮手叫他快點進去，他說了句對不起果然立刻往裡頭衝了！同時間毛穎德按下了電動鐵門開關，門一啟動，馮千靜立刻準備。

「一起變漂亮！一起變漂亮……你們不准我上幼稚園不准我去幼稚園！」裂嘴女攻勢猛烈，抓準了機會從剪枝刀中間伸手而入，一把自正面扣住了馮千靜的臉！

「呃——」她的臉被包住，緊接著被往後推，直到撞上了牆壁方知痛！

馮千靜手裡依然死握著剪枝刀，刀尖向著裂嘴女，下一秒就往她身上插了進去，但是裂嘴女不痛不癢，連一點震顫也無，雙眼裡只映著馮千靜那張跟她不一樣的臉。

拿起剪刀，鬥的打開剪口。

「每個人都能進這間幼稚園，那個人打妳？罵妳？把妳的臉弄成這樣，再告訴妳不可以進去嗎？」馮千靜使勁把剪枝刀深深插入裂嘴女的身體裡，將她往後挪開，不再貼著自己。

打她、罵她……裂嘴女的臉色扭曲，顫抖的搖著頭，「不要、不是……」

「就跟妳說他騙妳的，有人把妳打成這樣，還不去找他算帳！」馮千靜喝的揚聲，雙手緊握著刀柄，刀柄沒入裂嘴女身體的部分成為支點，輕鬆向上一抬，就把她架離了地面，用力往後推去。

喝！

裂嘴女踉蹌向後，但是她速度極快的穩住重心煞車，凶惡的又要朝馮千靜衝來。

不過這次馮千靜早有準備，只見她運氣專注，站穩重心，立定原地一躍——扭腰後就是一個迴旋飛踢，正對著剪枝刀的刀柄踹去——裂嘴女整個人被踢進了幼稚園裡。

毛穎德飛快的退到警衛室邊，這片空地全部讓給她一個人。

裂嘴女根本沒落地，輕巧的用詭異的姿勢煞住步伐，膝蓋向後彎成九十度支撐著身體，再一眨眼就站了起來。

「這樣不是進來了嗎！」馮千靜站在門外，把剛剛王慈薇給的書包跟運動服往她身上丟，「到底是什麼想法啊？」

裂嘴女竟一一接住，一個都沒漏接，毛穎德詫異的看著她的舉動……那個女孩子其實還是很在意這些東西的！

她想進來，卻有什麼妨礙或是洗腦她，讓她認爲這裡老師或是學生不歡迎她嗎？所以與其這樣，不如讓每個人都像她一樣，這樣大家就是平等的了……好「單純」的想法啊！

裂嘴女抱著所有的東西，竟慌張的左顧右盼，回身看見教室瞠目結舌，接著視線落在毛穎德身上。

他不動聲色，敵不動我不動對吧？他剛剛應該先拿個什麼當武器的。

「進來……我進來了？」裂嘴女看著四周，呈現一種驚愕，愣愣的問著外面的馮千靜。

「嗯。」她點了點頭，將最後一個水壺拋了出去，「接好！」

「我進來了！他讓我進來了！」裂嘴女尖叫著，那聲音尖銳到令毛穎德忍不住掩耳，就見她向上一躍，接住了那個水壺，「我終於進來了！」

「就說那個打妳的是騙子了！」馮千靜忽然焦急的大吼，「喂——我話還沒……」

裂嘴女沒有落地，黑色的身影就這麼消失，毛穎德警覺般的原地繞了一圈，不見了。

「落地時走的。」馮千靜走了進來，「這樣算結束了嗎？」

毛穎德皺起眉心，老實說，他也不知道，裂嘴女的出現與消失，從來沒有一個明確的分界點啊！

但是聽見剛剛那欣喜若狂的聲音，地上沒有任何一件衣服物品遺留下來，跟江佩玲的狀況一樣，她們帶著最想要的東西離開了。

他總算明白，王慈薇身爲生靈時感應到的，以生靈之姿對他說的話應該是：『她不會停手的，在得以進入幼稚園之前。』

「或許吧……至少她們如願了。希望不要再在路上等著剪人家的嘴了。」毛穎德至此才鬆了口氣，向後靠上警衛室的門，「我的天哪……」

臉頰突然一陣刺痛，再度摀上，剛剛緊張時完全不會痛啊！

「咦？你怎麼搞成這樣？」馮千靜正才看見他的傷口，「我看……喂，別動啊！」

她蹙起眉心，小心翼翼的撫著他的臉頰，毛穎德則是一臉懼痛的防備著，她盡量不弄痛他的傷口，輕輕的扳開……

「嘶……」毛穎德倒抽著氣，怎麼有越來越痛的趨勢？

「裂嘴女傷的？」她問著，「緊急處理做得好糟，刀傷很深，再用力一點你就裂嘴男了。」

「那位動作比這個俐落多了，大概年紀比較長……」他哎哎的嚷著，「但是好溝通得多。」

她放下手，檢視著他身上有沒有其他外傷，拉起他的手，也有好幾道傷口，嘖，這就是她覺得應該要讓她來的原因！

毛穎德靠著警衛室，鏡頭他早就都取下，現在外頭沒有人知道結束了，也算是片刻的寧靜；留意到近在咫尺的馮千靜，她一邊看著他的傷口，一邊嘖嘖不停。

這麼近看，就可以發現其實看久了，她跟「格鬥者小靜」還是很像的，眼鏡遮不去立體的五官，亂髮也無法掩飾那份銳利與颯爽英姿。

「看吧，我一不在就受傷。」她沒好氣的說著，一抬頭，鼻尖撞到毛穎德的下巴。

「小心！」他及時握住她的臂膀，兩個人近到只看得見對方的眼睛。

一時之間，誰也不知道該講什麼，只是這樣望著對方，馮千靜覺得好像哪裡不對勁，尷尬的別開眼神。

咳！毛穎德也跟著低頭，這一低頭卻看見她被劃開的外套，「喂，妳也受傷了？」

「什麼……啊，只有劃開外套而已，沒傷到我。」她直接穩住重心，其實毛穎德可以放開她了，但是她沒說出口。

「妳怎麼來了？今天不是練習嗎？」

「不放心，大家都在我還是放心不下，練習既無法專心，索性就過來了。」她挑了眉，指指他的臉頰，「看看，我一不在就傷成這樣！」

「呵……」毛穎德笑了起來，「那不是幸好妳不在。」

「什麼啊？這麼愛受傷？」她圓睜雙眼，乾脆再多劃幾刀好了。

「劃在我臉上比劃在妳臉上好吧。」他聳了聳肩。

馮千靜怔了住，不知道爲什麼覺得怪怪的，急躁的撥掉握著她臂膀的手，說什麼東西啊，要是她在，才不會讓裂嘴女傷到她的臉咧！

搞什麼……她旋身背向毛穎德，靠，臉頰怎麼有點熱？

「通知大家吧！走了，去醫院吧！」

她大步的走了出去，遠遠的對著巷口揮手，夏玄允跟郭岳洋簡直跑百米的速度朝著他們奔來，毛穎德緩步走出，看著大批社員蜂湧而至。

「我剛把鏡頭都拿走了，沒人看到妳跟裂嘴女的部分。」他低語著。

馮千靜揮動的手即刻止住，愣然的望著他，然後聽著此起彼落的「你沒事吧？」之聲湧來，她迅速放下雙手，一秒鐘躲到毛穎德的身後去。

「怎麼了？剛剛鏡頭掉了，我們什麼都沒看見！」社員們湊過來就大喊，「王老師摔倒後麥克風也掉了，根本亂七八糟，太嚇人了！」

「好可怕喔！」毛穎德身後的女孩子喊了起來，「幸好毛穎德在，要不然我就完蛋了！」

「咦？可是、可是馮千靜妳不是搶走他的剪枝刀嗎？」帶剪枝刀來的同學愣愣的問。

馮千靜一把將負傷的毛穎德推了出去，「問他吧。」她低垂著頭，馮千靜該是個內向自閉害羞的女生，她什麼都不會的喔！

大家立刻拼命圍著毛穎德問，夏玄允跟郭岳洋倒是繞到馮千靜身邊，挑高了眉瞅她。

「看什麼啦，禮堂裡還有傷兵咧。」她沒好氣的唸著。

「妳沒事吧？有受傷嗎？不是說今天練習不能過來！」忠實粉絲郭岳洋緊張的問著，打量著她全身上下。

「郭岳洋。」馮千靜一字一字放重音，「我毫髮無傷，不要再看了。」

「欸！」他滿意的劃上微笑，「那就好……裂嘴女呢？」

馮千靜環顧四周，雙手一攤，「大概準備上學去了吧！」

拜託要上學就好好上學，千萬不要在路上堵人了！

第十三章 我漂亮嗎？

江佩玲的父親在兩天後自首。

他說江佩玲的魂魄糾纏不清，他數次在路上撞見她，嚇得他寧可自首，關在拘留所裡也不要一個人在外遊盪。

他說出了江佩玲的埋屍地點，當時他吸了毒又喝酒後神智不清，看見江佩玲似是開始在意外表，對鏡子裡紮起頭髮，抹了點淡色口紅時，長得像極了她那個拋家棄子的母親，一時之間忿怒全湧了上來。

他記得他對江佩玲又打又罵，說她跟她媽一個樣，水性楊花、騷貨一個，扯她的頭髮、亂剪去她的頭髮，後來的事他就不記得了，只知道清醒時，江佩玲已經倒在地上，臉部面目全非，地上血跡處處，而他的手上握著那把剪髮的鋒利剪刀。

他迅速清理現場，處理完屍體後就連夜搬家。

警方問他，那另外的弟弟呢？他顧左右而言他，先是說寄在朋友家、又說寄在親戚家，問他是哪個親人朋友，他竟推說忘記了。

那江佩玲死的時候，弟弟在場嗎？不在場，因爲如果在場的話，鄰居該會聽見恐懼的哭聲。

警方帶著殘忍父親重返現場，再到埋屍地點去，他卻一時忘記埋屍何處，帶著警方繞了兩天山路，才發現埋屍的地點不見了──一個月前一場大雨讓這裡坍方，別說屍體了，整塊高地都被沖刷而逝。

這讓警方頭痛得要命，他們必須到下方去尋找，坍方一大片，開挖所耗的人力物力都很多，不過就在救難人員聲聲喊著江佩玲的名字，一邊找尋開挖點時，意外的發現了凸出於土壤的物品，細細挖開，才發現那是手骨。

警方很快的挖出已成白骨的江佩玲，死亡約兩個月，正是蕭妤珊出事前不久，但因為在濕地加速腐爛，加上大雨沖刷與坍方，她蝕骨的速度極快，而令警方訝異的，並非如此順利的找到江佩玲，而且挖出江佩玲時，她的屍骨旁還有著另一具瘦小的骨頭。

另一具屍體套著紅色外套，本以為是其弟的屍首，但是後來確定是女孩子的遺體。

謎樣女屍死亡期間已久，推斷不超過六歲，正在勘驗中，並且調查所有失蹤兒童。

「所以，黑衣服的是江佩玲，紅衣服的是那個小女孩對吧？」林詩倪認真的問著，「因為大雨把她們的屍體沖在一起，兩個人都曾被毀容，所以就……一起變成裂嘴女。」

「對一半，裂嘴女只有一個。」夏玄允捧著燒仙草，「但是這兩個女生都有被毀容過，自然而然變成都市傳說的一部分，所以她們不會同時出現，因爲裂嘴女只有一位。」

「你們就想像裂嘴女是個容器，裡面放了兩個女生的靈魂就對了。」郭岳洋補充說明，用比較簡單的方式，「她們應該是任意切換的。」

「哦～」都市傳說社裡擠得滿滿的，今晚又是「夏天說書時間」，爲大家說明此次「裂嘴女事件」。

那天之後，裂嘴女就再也沒有出現過。

隨著屍體的發現，世人終於鬆一口氣，不管是謝淳涵他們、還是幼稚園都恢復了正常作息；毛穎德依然辭掉了謝淳涵的家教，雖然他們有請他回去，但是心裡的愧疚仍在，他幾經思考還是放棄。

至於謝淳涵的家屬對於幼稚園的告訴，也已經採取和解，雖然說被「裂嘴女」殺死是一件匪夷所思的事，但是沒有留下任何線索的凶手，跟沒有人影的監視器畫面，根本無從找起。

凶手唯一留下的只有泥濘，而那份泥土跟江佩玲她們埋屍的現場比對，已經證實是同一區塊。

這事太玄，謝淳涵的家屬與王慈薇之間最後也是採取和解，畢竟她身為小晴的老師，就是難以卸責；而王慈薇也決定傷勢穩定後要繼續回學校教書，整型醫生會盡量將她的疤痕撫去；那日在外面的英勇行為也是讓校方決定續聘她的原因，為了孩子她能如此勇敢，沒有道理不請這種老師。

對王慈薇來說，她把那傷疤當成一個紀念，去懷怨也沒有用，事情既然已經發生了，叫她怪誰？怪那個生前遭虐的孩子嗎？

唯有她，看過那小女孩的臉，據她口述後警方請人畫出畫像，其樣貌慘不忍睹，真不知道怎樣的人才會下此毒手。

江佩玲已經是一個無辜者，沒想到還有另一個，冥冥之中讓她們在土裡相遇，然後攜手成為裂嘴女。

一個嚮往高中生活的少女，只因為買了護唇膏死於非命，死前還被發狂的父親剪開臉頰；另一個謎樣的小女孩，生前就已經被毀容，那被火焚毀的左臉頰與眼睛，天曉得她活活遭受了多大的痛楚！

「咦？多一碗燒仙草耶！」黃宏亮張望著，「誰沒吃啊？」

坐在角落的馮千靜沒好氣的舉起手，「我減肥，謝謝。」

「減肥？」林詩倪有些錯愕，「妳已經夠瘦了吧……這麼冷的天氣，吃一碗舒服很多喔！」

她邊說邊貼心的要幫她打開蓋子，郭岳洋見狀連忙把那碗拿到自個兒面前，「她在減肥不要誘惑她啦！這碗我帶回去，她要喝時就可以喝。」

林詩倪覺得怪，平常馮千靜好像沒這麼克制飲食？

「唉，我覺得最煩的是另外一個女孩身分未明。」馮千靜托著腮，若有所思，「解剖好像還要好一陣子才會知道。」

「張菀芳的報告都還沒出來不是嗎，那個小女孩可能沒這麼快，不過至少有畫像，說不定線索會比較多。」夏玄允嘴裡嚼著芋圓，語焉不詳的說著。

「對……張菀芳！」馮千靜緩緩點頭，「爲什麼她也會出事？地點、時間，全部不符合！」

「這就不知了，我只是在猜，或許江佩玲的父親曾帶她去過那裡？也有可能是那個小女孩？」毛穎德不確定的說著，「因爲江佩玲出沒的地方都已經證實是她父親曾帶她去過的地方！不過我們學校輕軌站倒是沒有！」

「難道是小女孩？她不是只跑幼稚園？」林詩倪困惑極了。

「說到底，這是裂嘴女、都市傳說，ＯＫ？」夏玄允殷切提醒，「她們不是阿飄、好兄弟喔，本質裡還是裂嘴女，基本上她或許可以隨時切換、也可以是裂嘴女本身！」

就算是兩個可憐的靈魂在裡面，也不過是裂嘴女利用的對象而已，利用她到生前所見所到之處，那個小女生……可能有來過學校的月台吧？

「這麼說，或許可以解釋爲什麼月台那天，她明明是黑色外套，可是丟糖果卻奏效了。」毛穎德嘆氣，「裂嘴女的本質其實沒有變啊。」

「那江佩玲除了家裡，就是高中附近、美妝店……在月台幫父親買毒品，就這樣？」馮千靜嘆了口氣，「老實說還眞可憐！」

「沒辦法，孩子無法選擇父母。」毛穎德也語重心長，「只是可惜正青春年華卻死在父親手裡……她被殺的過程應該極度恐懼，但殺人的卻什麼也不記得。」

「嗯……這種人早晚有報應的吧？」馮千靜幽幽的說，「不會養就不要生，幹嘛自虐虐人？另一個小女孩感覺更慘，而且殺她的人至今仍逍遙法外。」

「說也奇怪……」林詩倪轉了轉眼珠子，「爲什麼這兩個女孩不會去找殺死他們人呢？」

「因爲恐懼。」夏玄允毫不猶豫的接口，「殺死他們的人，我想多半是最親也最恐懼的那位，她們或許不敢做些什麼……而且年紀都小，只記得自己被殺的過程還有被毀容的痛楚，一下就被都市傳說吸收了。」

「而且她們心裡還有更大的願望在吧！」郭岳洋有點難受，「想上高中，以及想進去那個幼稚園……」

這份願望，遠比找凶手來得急切。

馮千靜想起裂嘴女站在高中對面殷殷期盼的模樣，那是種打從心底深處的渴望，或許幻想過各種上學的情景、高中生活的歡樂，最後都成為永遠不可能實現的願望。

「現在很討厭的是到處都有人利用裂嘴女的事在惡作劇！」林詩倪抱怨著，「故意戴著口罩問人家我漂亮嗎？還帶著剪刀自以為有趣，嚇得人魂飛魄散！」

「我也聽說了，還有以此行搶的！在美石公園裡的運動者已經遇過了！」阿杰附和，「很多人會嚇掉東西，他們就順理成章的拿走別人財物！」

有沒有搞錯啊？馮千靜咕噥著，利用都市傳說惡作劇已經夠缺德了，還趁機搶劫！突然覺得為什麼裂嘴女不去找這些人啊？

「啊，我要回去了。」馮千靜留意到時間，她該回去睡覺了。

「啊一起回去！」突然間三個男生同步站起，夏玄允端著燒仙草，郭岳洋直接蓋上，毛穎德已經揹上背包。

一票社員看得目瞪口呆，這默契也太好了吧？大家都知道他們住在一起，可馮千靜要回家，幹嘛大家都要跟著一起走？

「社長，你裂嘴女講完了嗎？」果然有人發難。

「講完了啊，就差不多這樣……其他的後續啊，還得等警方嘛！」夏玄允揚起微笑，「我跟你們一樣還有疑問，但是裂嘴女已經暫時消失了，留給我們的依然只有傳說……」

「眞的就這樣消失了嗎？」有人不安的問，「會不會……突然間又有人遇到呢？」

「這當然有可能啊！」郭岳洋斬釘截鐵，「都市傳說之所以是都市傳說，就因爲它隨時出現、隨時消失，誰都拿捏不著！」

毛穎德打開門，馮千靜跟大家頷首後默默走出去，郭岳洋也趕緊捧著碗跟上。

「大家記得怎麼應對就好囉！」夏玄允急忙說著，一溜煙跟著出去。

社團裡依舊熱切討論著，整條走廊就唯有「都市傳說社」燈火通明，馮千靜回頭看著跟上的兩個可愛男孩，有點無奈。

「你們幹嘛跟我走？可以繼續待的啊！」

「不行啦，妳明天不是要比賽了！」郭岳洋壓低了聲音，「我們不能晚回家，今天妳幾點睡，我們就不吵妳，一起睡。」

「對啊！妳要好好休息，我們一定力挺到底！」夏玄允還對她豎起大姆指。

馮千靜會心一笑，好啦這種室友還挺不錯的！尤其明天郭岳洋一定會來，因爲是頭號粉絲又買了超級ＶＩＰ席。

「緊張嗎？」毛穎德問著。

「不緊張是騙人的，每一場比賽我都戰戰兢兢，友誼賽也一樣。」他們一起進入電梯，「不過裂嘴女的事情解決，讓我放心很多，至少不必再擔心路上戴口罩的傢伙。」

「妳現在就戴著口罩啊！」夏玄允指著她，「妳沒戴我也蠻怕的。」

馮千靜眼神不悅的瞪向他，夏玄允吐了吐舌，這是找死嗎？

晚上的社辦大樓人煙稀少，大家分別走向機車停車場，雖然馮千靜遲疑著是不是要走回去，騎機車她害怕有風險，但毛穎德再三保證會謹慎，她才願意搭他的車。

戴上安全帽時，毛穎德刻意向旁張望，確定與夏玄允他們有段距離，趨前低語：「欸，我對江佩玲動用了言靈。」

「你那沒什麼路用的言靈說了什麼？」馮千靜挑高了眉，「我聽說是你救了郭岳洋咧！」

「我叫她去問……殺她的人漂不漂亮？」毛穎德附耳在旁，吱吱喳喳。

「啊……」馮千靜忽而亮了雙眼，跟著笑了起來，「眞有你的！」

「沒用啊，我哪知道他會去自首！裂嘴女好像不會在人太多的地方出現？」毛穎德有點惋惜，「我看到那父親一副毫無悔意的樣子，就覺得江佩玲太不值了！」

馮千靜只是笑著，跨坐上機車，毛穎德將機車往後退，轉了方向，「欸，要安全的話抱著吧？」

她沉默幾秒，張開雙手環抱住他。

「欸，」馮千靜忽然伸長頸子在他耳邊說著，「江佩玲的爸爸，今晚會被保釋喔。」

走出警局時，男人瑟縮著雙肩，一個人站在靜寂無人的路上，他眞不懂把他放出來做什麼，到底是誰保他的？竟連個人影都沒看見？

身上沒多少錢，搭計程車的錢也不夠，他遠遠的看見輕軌站，還是先搭車回去吧……唉，不安的左顧右盼，怎麼路上都沒人呢？萬一又遇到……阿玲要怎麼辦？

他不是胡說八道，這幾天眞的都看見阿玲出現在他附近，她在人群裡、在電車上，用那種可怕的臉望著他，嚇得他六神無主，決定還是自首爲先！

雙手扠入口袋快步走著，人煙罕至讓他心驚膽顫，不安的一直頻瀕回首，更加速步伐朝輕軌站去。

只是在某一個回頭時，突然看見了女孩的身影跟在後方，女孩穿著高中制服，臉上戴著口罩，不知道從哪裡出現的，就走在他身後——阿玲？拜託妳不要再過來，妳死了就死了，爸也不是故意的啊！

我會多燒點紙錢給妳的！不要來煩我啊！

疾走變成了小跑步，男人發現自己跑不到輕軌站了，眼下就有一間速食店，先躲進去再說！

推門而入，玻璃上叮噹作響。

「歡迎光臨！」櫃檯的服務生熱情的招呼著，「點餐這邊請喔！」

男人趕緊關上門，緊張的回頭望著玻璃窗外，是否有任何女孩跟上……張望了一會兒，櫃檯服務生狐疑的望著他，他依然站定在玻璃門前，始終等不到走在他身後的女孩。

這不就更證明了那個人是阿玲？她現在在外面等他嗎？

男人緊張的往櫃檯走去，服務生趕緊抖擻精神，他摸摸口袋，還有兩百塊可以吃一頓飯。

時間已晚，有工讀生已經在打掃某個區域，也只剩下一個櫃檯開放，其他都已關帳；回身看去，一樓桌子只剩下一個客人，他應該要選二十四小時的速食店才對啊！

「二號餐還有嗎？」他隨便指了個餐點。

「嗯，等我一下喔！」活潑的女生回應著，男人盯著她戴著的口罩就渾身不舒服，可是一旁的工讀生都一樣，這是爲了餐點衛生嗎？「先生，有的，飲料跟薯條先給您，漢堡等等幫您送過去。」

男人敷衍的點點頭，結帳後端著托盤，刻意選擇坐在長桌上，那唯一一位客人的斜對面。

人多點好，工讀生也多，他就是不想要一個人落單的坐在別桌。長桌上原本的客人抬頭瞥了他一眼，那男人滿臉鬍渣，看上去很憔悴，留意到他時微微一笑，倒是溫和。

男人下意識的也回以微笑，看著男人正在滑手機，喔……穿著制服，是警衛啊！眞辛苦，現在才下班。

他默默的啃著薯條，以前阿玲也很愛吃這個的，但他哪有閒錢帶他們來吃這種東西啊，買毒跟酒錢都不夠了！嘖……他又不是故意的，那天眞的什麼都記不清，阿玲自己也是……

又不是不知道他惱她媽跟別人跑了，長得這麼像就算了，才幾歲就在那邊裝騷，又紮髮又塗口紅，還敢在那邊強辯什麼護唇膏！好，護唇膏是吧，那沒顏色的這麼多，十四歲挑個粉紅的做什麼？

他只記得好像看到她媽那張臉，氣得他衝上去就是一陣毒打，她不該有那張臉的，樓下幾個男生常在偷看她，他都知道！

當初千不該萬不該，就是認識她媽！生兩個煩死他，還得帶在身邊，眞是拖油瓶。

「先生，您的二號餐漢堡！」女孩子聲音響起，送上漢堡。

「啊，謝謝。」男人頷首道謝，眼尾瞥到那警衛的身後竟站了一個小女孩，正望著警衛。

嗯？剛剛沒看見那小女孩啊，他的孩子？怎麼穿這麼少？連鞋都沒穿呢。

「先生……」男人嚇了一跳，這才發現工讀生還沒走。

「怎？什麼事？」他抬首，餐都送到了啊！

「你覺得我漂亮嗎？」

電光石火間，先跳起來的是對面的警衛！

「搞、搞什麼……」男人被警衛的動作嚇得站起，不解的看著工讀生，「現在是怎樣!?」

警衛詫異的看著男人，再看向工讀生，「裂、裂嘴女？」

「靠，什麼裂嘴女!?」男人自然知道這個新聞！

警衛伸出顫抖的手，指向了紅色衣服的工讀生，她她們……我工作的幼稚園就是這樣，她們會問你她漂亮嗎……」

陳警衛緩緩後退，朝男人使著眼色，他如果沒有糖果的話，最好要有髮膠啊！聽王老師說事情都結束了啊，爲什麼裂嘴女會出現在速食店裡!?

「滾開！我不認識妳！」男人下意識把手裡的漢堡往工讀生扔去。

工讀生無動於衷，緩緩摘下她的口罩，「爸爸，我這樣還漂亮嗎？」

男人瞪圓了眼，不可思議的看著眼前裂嘴的女孩，化成灰他都該認得，這模樣、那張臉是……阿玲？

「不不……救命啊！喂！」男人驚恐的對陳警衛大喊，眼前的女孩右手唰地打開剪刀，面無表情的望著他。

正在拖地的工讀生轉了過來，每一個人均兩眼無神的望著他，沒有一個人有任何出手的動作。

「我漂亮嗎？爸爸！」

「哇……」陳警衛嚇得回身就跑，這不關他的事啊！只是他一回身，就撞上了站在他身後的女孩！「誰!?」

陳警衛踉蹌得朝旁倒去，撞到了其他桌子止住頹勢，看見小小的女孩站在一旁，血液迅速退去，全身發冷。

「那我漂亮嗎？」女孩穿著幼稚園的運動服，也取下了口罩，「爸爸！」

「不不！妳走開！我不認識妳！」陳警衛破口大罵著，鼓起勇氣往前衝，一把推開了女孩。

向左拐了彎，直直衝向大門！

握住銀桿，陳警衛猛力想拉開大門卻拉不開，赫然發現門竟然已經鎖住了！還沒反應過來，身後一陣慌張奔跑聲，男人竟然也衝至！

「開門……誰鎖上的!?」他慌張的敲著玻璃門，路上空無一人，根本沒人瞧

見。

「你們——」陳警衛倉皇回首，卻看見一片站在櫃檯裡的工讀生，用死魚般的眼睛瞪著他。

小女孩與少女同時緩緩走來，她們的手裡都拿著剪刀，身上都穿著制服，臉上均有著可怕的傷痕，劃上巨大的微笑，張開手裡的剪子。

小女孩拿的是兒童安全剪刀，少女拿的是銀色銳利的剪髮刀。

「爸爸，我漂亮嗎？」

「走開……哇啊啊——哇啊——」

櫃檯裡跑出一個約莫九歲的男孩，他的後腦勺凹裂了一個大洞，拿著遙控器對著鐵門按下開關，外頭的鐵門便喀啦喀啦的開始緩緩下降。

「哇——」鮮血濺上了玻璃門，男孩歪著頭笑著，沒關係，鐵門降下來後，就什麼都看不見了。

就跟那天爸爸拿枕頭蓋上他的臉後一樣，他也什麼都看不見了。

尾聲

「陳警衛是小妹妹的生父？」

夏玄允的聲音拔高，簡直不敢相信剛聽到的消息。

「嗯，今天早上被發現的，晨間運動的人在廢棄鐵皮屋裡發現屍體。」章警官指著眼前的廢墟說著，「這間鐵皮屋已經荒廢很久了，有時候會有些遊民住在裡頭，不過很妙的是昨晚竟沒有遊民在這兒，反而是……」

相關人員抬起兩個擔架，白布覆上，均已斷氣身亡。

「怎麼知道的？」毛穎德看著擔架，若有所思。

「陳警衛的皮夾裡有這個。」章警官拿出一張照片，雖然沾滿了血，但還是可以看見陳警衛跟一個女孩的開心合照。

那個女孩當時還有著完好的臉龐與天真的笑靨，是王慈薇口述的那個女孩模樣。

「查出案底，他本來就有暴力傾向，其他的我們還要去問親戚或是街坊，不過目前問到最親的人是說，他說幾年前女兒生了病，就再也不出門了。」章警官也很無奈，「沒死的話，女孩子今年要十歲了。」

「她活著時就被毀容了吧？」郭岳洋緊皺起眉，「那張臉是被燒的。」

「現在已經都是謎了！或許找到陳警衛的住處能多瞭解一些。」章警官向旁邊走去，朝著他們使眼色。

三個男人故作自然的跟過去，外圍有媒體拍攝，他們得小心謹愼。

「怎麼死的？」夏玄允最好奇的是這個，「臉有被剪開嗎？」

「剪得很徹底，從嘴角一路剪到耳下爲止，活生生剪開的，因爲那不會是致命傷。」章警官頓了一頓，在咽喉處撫了一下。

毛穎德當下倒抽一口氣，「跟小晴一樣？」

章警官緩緩的點個頭，代表正確答案。

先是活活剪開兩邊的嘴角，再來剪開咽喉，只怕那折磨跟痛楚非常人所能想像……只是，他們兩個對孩子施加的毒手也不惶多讓啊！

「剪刀是……」毛穎德又問。

章警官對他揚起讚許的笑容，「一個是兒童安全剪刀，一個是利剪。」

小小的女孩，熟悉的只有兒童安全剪刀啊，這就是當初她選擇用那樣的剪刀殘忍的剪開小晴咽喉的原因了。

「有名字嗎？」夏玄允問著。

「有，叫陳妙雲。」他一抹苦笑，總算有個名字了。

「她想上幼稚園，因爲那張臉沒有辦法去……或是她父親不讓她去，女孩當然知道父親就在幼稚園當警衛……」郭岳洋搖了搖頭，「那是她心之嚮往處，卻不得其門而入。」

「她不是說，幼稚園老師跟學生不許她去嗎？只怕也是警衛造的謠！」夏玄允凝重的蹙起眉，「所以她攻擊老師、攻擊學生，覺得是這些人阻止她上學。」

毛穎德沉吟著，「可是……那天殺小晴的是誰？」

「咦？」所以人異口同聲。

「如果陳妙雲認爲自己不能進幼稚園的話，殺死小晴的是誰？」毛穎德一直在思考這件事，「王慈薇說她看見穿紅色外套的女人，陳警衛卻說是黑色外套……我們第一次跟小晴一起瞧見裂嘴女時，她也是穿黑色外套。」

章警官聽了有點模糊，但幾個大學生卻陷入疑惑的思考中。

「是江佩玲吧！」郭岳洋喃喃說著，「也或許是綜合的她，是裂嘴女。」

「小晴認爲不能進，但裂嘴女可以，若是由江佩玲的意識主控也可以……」

夏玄允頻頻點著頭，「所以她用了書桌上的剪刀，裂嘴女應該都有自己的剪刀，沒必要從桌子上取用啊！」

啊啊啊……就是了！毛穎德點了點頭，「殺死小晴的就是裂嘴女，不是江佩玲、或是陳妙雲……小晴單純是個逃走的人，只是裂嘴女選擇用陳妙雲的方式處決她。」

所以她拿了桌上的剪刀，朝小晴下手。

「這是裂嘴女，不是懷怨的鬼魂，我們只是從大部分的規則中找出江佩玲或是陳妙雲而已。」夏玄允悵然的輕嘆，「所以毛毛跟小靜在月台遇上的狀況只怕也是如此，去過那月台的不是江佩玲，是陳妙雲，但是毛毛的護唇膏又引出了江佩玲。」

「可是先遇到的小靜，」郭岳洋皺著眉，「她又沒有那款護唇膏。」

「就是裂嘴女刻意要找她吧？無人的月台，夜歸落單的女生？」夏玄允只能這樣想，「我們不能用正常邏輯去思考這些啦！」

毛穎德看著章警官眉頭越皺越深，趕緊出聲，「總之，就是裂嘴女幹的，現在落幕了，希望她不要再出現就好了。」

只是回頭去想，小晴遇害時，王慈薇沒看錯，陳警衛也沒說謊，一個見紅一個見黑，橫豎都是裂嘴女。

夏玄允望著圍起的封鎖線，「這樣適得其所了吧！女孩子們本來就應該禮貌的問問父親，被父親毀容的自己漂不漂亮啊！」

毛穎德輕哂，再肉咖的言靈或許還是有其效果，一旦有機會，江佩玲便帶著陳妙雲去找爸爸了……讓孩子去找父親，多家常的言靈啊！

「啊……」章警官看看錶，「她比賽完畢了吧？」

「是啊……」郭岳洋有點失望，他原本買了VIP席，但是、但是人都入場了，夏天卻一直電話急CALL他。

他人就在這裡了。

原來都市傳說的魅力比小靜大嗎？不——他應該是忠於小靜的啊！

「在演什麼啊？」夏玄允蹲著身子，刻意望著他表情豐富的臉，「因為沒去看比賽而懊惱嗎？」

「不要說了！小靜一定對我很失望！」郭岳洋雙手掩臉，好像世界末日一樣。

毛穎德笑著搖頭，跟章警官道謝，肯這樣讓大學社團參與其中，他已經很感謝了。

事情到此為止，也該告一段落了吧！回復正常生活好困難哪！

「回去小心……啊對了！」章警官上前對毛穎德低語，他詫異的頷首，表情有點凝重。

前頭的夏玄允跟郭岳洋兩個人還在嘻鬧，緊接著郭岳洋趕緊用手機查詢比賽結果，瞬間僵硬石化在路上。

「怎麼啦？」夏玄允湊上前去，一看也愣住，「怎麼可能!?」

毛穎德從容由後跟上，「輸了嗎？」

兩個男孩回頭，用一種恐懼的眼神點點頭……「她會不會覺得是我們太吵……害她輸掉比賽的？」

「她晚上會把我折三段的……小靜晚上會回來嗎？」夏玄允驚恐的問。

「會，明天星期一，她晚上得回來。」毛穎德一臉幸災樂禍，「她會避開媒體，從體育館後面穿過美石公園，抵達上一站，再坐電車回來。」

郭岳洋仍在震驚中，「不可能不可能，小靜怎麼會輸了呢？紫盈沒這麼強啊！」

面對都市傳說都沒輸過的人，會輸給一場友誼賽，實在匪夷所思。

「比賽也是講運氣的啊！」毛穎德聳了聳肩，不能看得太嚴重。

郭岳洋接下來就不說話了，邊走邊看著比賽相關新聞，報導說馮千靜不只是輸，還輸了很多分，後起之秀贏得漂亮，變成鎂光燈的聚焦點。

「什麼新美少女格鬥者！討厭！」郭岳洋怒氣沖沖的把手機收起來，過卡進入輕軌站。

「小靜心情一定很糟，但我也不覺得現在打電話吵她是件好事！」夏玄允很爲難，「告訴她裂嘴女的事她可能會翻臉、安慰她也會翻臉。」

「對，現在最好的就是什麼都不要說。」毛穎德深表贊同。

三個人站在月台等車回學校，郭岳洋一個人如喪考妣的坐在月台椅子上，頭頂彷彿烏雲罩頂，看來馮千靜打輸他比誰都難過啊！

「剛剛章警官跟你說了什麼？」凡事都躲不過夏玄允的火眼金睛，他趁機偷問。

毛穎德瞥了他一眼，「他說張菀芳的死因，的確是被剪開的，但是工具痕跡與小晴或是王慈薇她們都不同。」

「咦？怎麼不同法？」夏玄允有點錯愕。

「王慈薇跟小晴的道具類似，是安全剪刀，蕭妤珊是利剪，但張菀芳的剪刀刀刃較短，而且有鏽蝕，很像是坊間那種紅色握柄的大剪刀。」毛穎德相當凝重，「我有非常非常很不好的預感，事情……會不會還沒完？」

夏玄允的腦子迅速運作，不可思議的張大雙眼，「天哪！不只兩個裂嘴女!?」

「什麼？」郭岳洋一秒回復理智。

「嗯，我也是這樣猜，本來張菀芳死亡的地方就很奇怪，但是她還是被剪成兩半了……」毛穎德回想著當初碰觸到裂嘴女時的畫面，「那時看見……馮千靜不是說她看見了一些影像嗎？」

雖是他看見的，還是得瞞到底。

「我記得，月台、路上、高中生……還有成太！」郭岳洋記得相當清楚，因爲他都記錄下來了。

「對……就這些而已，都是平常看得見的事物，並沒有張菀芳陳屍的那個山溝……」話及此，毛穎德突然梗住，「成太？」

「成太怎麼了？」夏天緊張的問。

「影像裡不是走在路上的成太，是在籃球館！」毛穎德詫異的回憶著，「他穿著運動服，在他們學校籃球館裡打球的模樣！」

「在籃球館？上課嗎？江佩玲不可能在上課時間進去看他們比賽吧？」夏玄允反應迅速，「她如果可以進去高中，就不會在外圍徘徊了，怎麼可能看見打球的成太？」

咦？夏玄允的話反而讓郭岳洋瞠目結舌，「除非，是看得見成太的人……同學？」

三個男生面面相覷，張菀芳爲什麼會不在學校？因爲她去找一個突然失蹤、被裂嘴女所傷害的同學——「蕭妤珊！」

「天哪！居然還有第三個！」毛穎德慌張的拿起手機，直接打給謝淳涵，「我得先問出蕭妤珊的家在哪裡……或是成太家！」

裂嘴女有執著的地點，得先找出蕭妤珊的模式。

電車來了，但沒有人有心上車，他們站在月台等待聯繫，謝淳涵沒接，毛穎德焦急的從林平悅那兒得到可靠的消息，雖然林平悅不懂爲什麼，但她以爲是找到了蕭妤珊的下落。

郭岳洋負責抄寫，高中生去的地方也不多，平常會去的地方都跟謝淳涵他們一樣。

切斷電話，毛穎德急躁的看著郭岳洋抄寫的地址，「等等……這一站是成太家附近？」

「這站怎麼了嗎？」郭岳洋不解。

「小靜說爲了避而人耳目，她今天會從體育館後面，穿過美石公園，走到這一站搭車……」毛穎德喃喃重複著馮千靜跟他說過的話。

「公園裡最近有人檢舉惡作劇的裂嘴女，如果那其實不是惡作劇的話——！」郭岳洋尖叫失聲，嚇掉了手上的筆記本，「小靜！」

毛穎德已經立刻拿起電話，直接撥給馮千靜，現在這時候，希望她已經穿過公園了！

馮千靜！接電話啊！

馮千靜瞪著響個不停的手機，煩不煩啊！

她一人坐在公園的椅子上，衣服穿得單薄，才能讓腦子清醒……將手機關機，直接扔進包包裡，順手抽出水瓶，扭開大口灌入。

她簡直難以想像，居然會有這種事！

不是因爲她輸了懊惱，而是因爲——她忍著腦子裡有蟲在蠕動的聲響，那種蟲在啃蝕她大腦的痛覺，再堅強也敵不過這種折磨！

對手居然跑去求「第十三個書架」！那個她之前明明打碎的書架竟再度興起，爛到底的都市傳說還眞的是打不死的蟑螂，不管毀滅幾次還是會捲土重來！

利用都市傳說的書架對她下詛咒，希望讓她今天在場上慘敗嗎？

這根本勝之不武！昨天晚上蟲爬進耳朵裡時她就明白，爲什麼紫盈這麼信心滿滿，因爲她找到了傳說中的「第十三個書架」，知道怎麼樣把擋在她前面的冠軍掃除！

只是，太愚蠢！

紫盈她現在正沉醉在勝利的光環，與鎂光燈追逐的焦點上，以爲她眞的因爲「第十三個書架」的幫忙而落敗，可她並不知道詛咒的過程與……反撲的結果。

就爲了一場友誼賽，紫盈將在七天後遭到反撲的悽慘下場。

紫盈錯就錯在——不知道她馮千靜可是都市傳說社的一員，而且不久前才遇過「第十三個書架」、歷經過這般的詛咒，甚至還親手打爛「第十三個書架」！

愚蠢到家的女人，享受吧！勝利的光彩就七天而已！

但是她實在怒不可遏，怎會有人不堂堂正正的比賽，去拜託什麼都市傳說！想到她就火大！

更火大的是，這只是一場友誼賽耶！眞的要用不會等國際賽事嗎……不對，無論如何比賽就該光明正大！

忿忿的掄起包包上肩，她簡直怒火中燒，每一步都踏得用力，區區幻覺詛咒是傷不了她的，第二次了她還怕嗎！

只是感到不值！爲對手不值，也爲自己不值！因爲這種下三濫的手段而落敗，實在是——

「我漂亮嗎？」

冷不防的，在她穿過的樹林間，站了一個戴著口罩的女孩，眼底盈滿訕笑的望著她。

「有完沒完？」她皺起眉。

好哇，昨天才聽見夏天他們說有人利用裂嘴女的傳說在這裡惡作劇，等著人被嚇跑遺落包包，再進行眞洗劫！

居然這時給她碰到，只能算這種爛人倒楣了。

「我漂亮嗎？」女孩笑著，手裡握著的剪刀刻意開合，發出惱人的金屬磨擦聲。

「整人很有趣嗎？妳不知道因爲裂嘴女出了多少事？多少人受傷了？開這種玩笑很惡劣妳知道嗎？」馮千靜扔下包包，開始舒展筋骨，「而且還想搶劫啊……」

「我——漂——亮——嗎——」下一秒，女孩暴吼忿怒的衝向馮千靜！

立定原地俐落旋轉，一個側踢正中女孩，將她踢飛出去！

「不要以爲我不會打女人！我的工作就是打女人！」馮千靜手刀大步躍前，立刻跳壓上女孩的身體，「什麼玩笑不開，妳開這種玩笑，惡作劇是嗎？搶劫是嗎？啥？我現在正氣得沒處發！誰叫妳倒楣遇到我，開這種玩笑！」

不……不是！裂嘴女驚恐的伸出雙手阻擋如雨般落下的拳頭，這是怎麼回事!?

「叫妳惡作劇？叫妳搶劫？叫妳惡作劇？叫妳搶劫？」馮千靜邊吼，一邊扯下她手裡的剪刀，往遠處扔去，「搞不清楚狀況！什麼玩笑可以開！什麼玩笑不能開！」

馮千靜拉過女孩子的手、扭過她的身子，疾速站起，扣著女孩的手臂往眼前的大樹撞去！

咚！

「滾！下次再讓我看見妳在這裡惡作劇，就沒這麼簡單了！」馮千靜指著她厲聲吼著。

滾地的女孩倉皇失措的向後退著，踉踉蹌蹌的重心不穩，馮千靜見她沒有立刻要走的模樣，立刻回身掄起包包，意圖拿著包包當武器，直接衝向了她。

哇——女孩回身拔腿就跑，途中還不忘拾起被扔棄的剪刀。

「再讓我遇到，我一定再把妳揍一頓！再拖到警察局！」馮千靜在後面喊著，氣死她了！

挑這時候來，算她倒楣！

女孩轉身沒入樹林，在某個瞬間消失，馮千靜根本沒在看，低啐了聲：跑得眞快！

包包再度扛上肩，覺得氣好像消了點，緊握飽拳全身繃緊神經的往前繼續穿過公園。

樹叢裡的女孩默默拿下口罩，被剪開的嘴角疤痕怵目驚心……她望著自己手上的剪刀，豆大的眼淚滴落，鮮紅晶瑩。

蕭好珊悲傷的望向遠方，穿著制服的她漸而消失，下次還是……回到公車上好了……嗚……

「她沒接。」毛穎德凝重的看著手機，居然直接進語音信箱。

「比賽結束好一會兒了，應該已經出來了啦，剛剛還有通……LINE也有讀啊。」郭岳洋心急如焚。

「可能心情不好吧？還是別打了？」夏玄允有點害怕，馮千靜心情不美麗的話，他們的人生就不美麗了。

毛穎德嘆口氣，手機放入口袋，等著車子進站，「算了，她應該不會有事啊……」

「對啊，裂嘴女不會這麼倒楣再遇到她啦！」夏玄允笑開了顏，要往好處想嘛！使勁拍了拍郭岳洋。

他皺著眉，乾笑著，「好像是喔！哈哈……」

「眞是！」毛穎德也忍不住笑了起來，「走，去買材料晚上煮火鍋！馮千靜想吃死了！」

「噢耶！」男孩們強打起精神，愉快的進入車廂。

說得也是！郭岳洋對自己的偶像有信心，應該不會那裡倒楣，在輸比賽的這天遇到裂嘴女嘛！

後記

這個冬天病毒發威，最有名氣的大概非諾羅病毒莫屬了，其威力之強大，讓人人自危，無不戴口罩勤洗手，然後我們知名的都市傳說小姐就該出現了：裂嘴女同學。

裂嘴女的傳說仔細查了一遍，從傳說、小說、漫畫都有不同版本，所以我又再次玩了綜合加想像，製造出「笭菁版本」；在所有的版本都有個大雛型：那就是這女人一定戴口罩，執著的隨機抓問人：「我漂亮嗎？」

最多版本的裂嘴女是指一個整型失敗的女人，在手術檯上因爲聞到醫生刺鼻的髮膠味所以顫動身子（？），導致醫生下刀時切開她的嘴角及臉頰（這也太不專業了），因此毀容後懷怨在心，所以在路上四處找人麻煩。

有沒有覺得這種行徑很偏差？像不像現在新聞裡一堆抗壓性差、出事就是全天下對不起他的人？找無辜的人下手，這樣非但不能挽救什麼，還只是傷害他人而已，但是很怪的是在這個社會中，很多人卻樂此不疲。

彷彿讓其他人跟他一樣悽慘，他就會很快樂……唉。

而且裂嘴女還中二得很嚴重，回答她美，就把對方剪得跟自己一樣；回答不美，就把對方剪成兩半，這女人是想怎樣啦！

於是出現了破解法，例如：模稜兩可的答案她反而會猶豫。

其他就是髮膠、糖果都能使她分心，說法很多種，但還是不離都市傳說的特點：沒有確切的起因，也沒有爲什麼、隨機找人、也隨機消失。

這一本刻意讓馮千靜稍微休息，自己都覺得她太辛苦了，而且身爲一個職業格鬥者，眞的沒有太多時間跟「都市傳說社」耗，她應該要鍛鍊，也有比賽該準備！所以這次讓男生們認眞面對都市傳說，既然這麼熱愛，就該扛一下咩！

而且地點也移出了一定受到詛咒的大學，記得裂嘴女很愛找放學的學生，大學生沒有什麼規律的上學放學，所以選擇了大學以下的學校。

在寫裂嘴女時還蠻有趣的，因爲戴著口罩其實眞的很難辨識對方是誰，明星戴口罩遮掩，裂嘴女也行，站在捷運裡看著整個車廂，有種裂嘴女四處都可以存在的錯覺。

關於她的行徑……剪嘴巴這件事其實還蠻噁心的，拿把剪刀自己試試，放進嘴裡有多可怕啊！更別說還剪下去了，臉皮說薄不薄，但也有一定厚度啊！

而且遇到裂嘴女幾乎一定衰，除非你剛好知道說話的破解之道、剛好有帶髮膠、剛好有帶糖果，要不然傷亡率實在太高！

中間我又私心的帶一點虐童的新聞事件，這次便當也有發給小朋友，還是用安全剪刀，自己寫起來都覺得有些可憐。

另外呢，這幾本都市傳說寫下來，收到不少來信問了一些關於「爲什麼」的問題，我想在這裡順便跟大家聊聊；其實都市傳說一開始就是個「毫無邏輯」的傳說，既無正式起源，也沒有邏輯原因，不管出現或消失都很莫名其妙。

當然寫成故事時，勢必要賦予某些劇情或是原因，才能夠讓故事有起承轉合；所以很多細微的部分，我便會避免去清楚解釋，因爲都市傳說本來就是無理可循的啊！希望保有那種神祕、無從解釋的感覺。

裂嘴女肆虐後，下一個都市傳說又該是哪個呢？

根本受到詛咒的「都市傳說社」，還會再召來……我是說遇到什麼別開生面的都市傳說，敬請期待。

最後，再次感謝購買本書的您，唯購書才是最直接支持作者的行動，我們才有機會繼續寫下去，在這書市不優的大環境中，致上最誠摯的謝意！

笭菁 2015.3.11

國家圖書館出版品預行編目資料

都市傳說5：裂嘴女 /笭菁著, -初版-台北市：奇幻基地出版，家庭傳媒城邦分公司發行；2015.03（民104.03）
面：公分. –（境外之城：50）

ISBN 978-986-5880-93-4（平裝）

857.7　　104002637

ISBN　978-986-5880-93-4

Printed in Taiwan.

境外之城 **050**

都市傳說5：裂嘴女

作　　者／笭菁
企畫選書人／張世國
責任編輯／張世國

發 行 人／何飛鵬
總 編 輯／楊秀眞
業務經理／李振東
業務主任／范光杰
行銷企劃／周丹蘋
法律顧問／台英國際商務法律事務所　羅明通律師
出版／奇幻基地出版
　城邦文化事業股份有限公司
　台北市 104 民生東路二段 141 號 8 樓
　電話：(02)25007008　　傳眞：(02)25027676
　網址：www.ffoundation.com.tw
　e-mail：ffoundation@cite.com.tw
發行／英屬蓋曼群島商家庭傳媒股份有限公司城邦分公司
　台北市 104 民生東路二段 141 號11 樓
　書虫客服服務專線：(02)25007718・(02)25007719
　24 小時傳眞服務：(02)25170999・(02)25001991
　服務時間：週一至週五09:30-12:00・13:30-17:00
　郵撥帳號：19863813　　戶名：書虫股份有限公司
　讀者服務信箱 E-mail：service@readingclub.com.tw
　歡迎光臨城邦讀書花園 網址：www.cite.com.tw
香港發行所／城邦（香港）出版集團有限公司
　香港灣仔駱克道 193 號東超商業中心 1 樓
　電話：(852) 2508-6231 傳眞：(852) 2578-9337
　e-mail : hkcite@biznetvigator.com
馬新發行所／城邦（馬新）出版集團
　【Cite(M)Sdn. Bhd.】
　41, Jalan Radin Anum, Bandar Baru Sri Petaling,
　57000 Kuala Lumpur, Malaysia.
　電話：(603) 90578822　　傳眞：(603) 90576622
　E-mail:cite@cite.com.my

封面內頁插畫／AFu
封面設計／邱弟工作室
排　　版／極翔企業有限公司
印　　刷／高典印刷有限公司
■2015 年（民 104）3月31日初版一刷
■2024 年（民 113）4月10日初版18.5刷

售價／260元

廣　告　回　函
北區郵政管理登記證
台北廣字第000791號
郵資已付，免貼郵票

104台北市民生東路二段141號11樓

英屬蓋曼群島商家庭傳媒股份有限公司城邦分公司 收

請沿虛線對摺，謝謝

奇幻基地

每個人都有一本奇幻文學的啓蒙書

奇幻基地官網：http://www.ffoundation.com.tw
奇幻基地粉絲團：http://www.facebook.com/ffoundation

書號：1HO050　　書名：都市傳說5：裂嘴女

請於此處用膠水黏貼

奇幻基地

讀者回函卡

謝謝您購買我們出版的書籍！請費心填寫此回函卡，我們將不定期寄上城邦集團最新的出版訊息。

共訂購、行銷、客戶管理或其他合於營業登記項目或章程所定業務之目的，英屬蓋曼群島商家庭傳媒(股)公司城邦分公司本集團之營運期間及地區內，將以電郵、傳真、電話、簡訊、郵寄或其他公告方式利用您提供之資料（資料類別：C001、、C003、C011等）。 利用對象除本集團外，亦可能包括相關服務的協力機構。如您有依個資法第三條或其他需服務之處，電本公司客服中心電話(02) 25007718請 求協助。相關資料如為非必要項目，不提供亦不影響您的權益。

姓名：＿＿＿＿＿＿＿＿＿＿ 性別：□男 □女

生日：西元＿＿＿＿年＿＿＿＿月＿＿＿＿日

地址：＿＿＿＿＿＿＿＿＿＿

聯絡電話：＿＿＿＿＿＿＿＿傳真：＿＿＿＿＿＿＿＿

E-mail ：＿＿＿＿＿＿＿＿＿＿

學歷：□ 1.小學 □2.國中 □3.高中 □4.大專 □5.研究所以上

職業：□ 1.學生 □2.軍公教 □3.服務 □4.金融 □5.製造 □6.資訊

□7.傳播 □8.自由業 □9.農漁牧 □ 10.家管 □11.退休

□ 12.其他＿＿＿＿＿＿＿＿

您從何種方式得知本書消息？

□ 1.書店 □2.網路 □3.報紙 □4.雜誌 □5.廣播 □6.電視

□7.親友推薦 □8.其他＿＿＿＿＿＿＿＿

您通常以何種方式購書？

□ 1.書店 □2.網路 □3.傳真訂購 □4.郵局劃撥 □5.其他

您購買本書的原因是（單選）

□ 1.封面吸引人 □2.內容豐富 □3.價格合理

您喜歡以下哪一種類型的書籍？（可複選）

□ 1.科幻 □2.魔法奇幻 □3.恐怖 □4.偵探推理

□5.實用類型工具書籍

您是否為奇幻基地網站會員？

□ 1.是□ 2.否（若您非奇幻基地會員，歡迎您上網免費加入，可享有不定時優惠活動：http://www.ffoundation.com.tw/）

對我們的建議：＿＿＿＿＿＿＿＿＿＿

＿＿＿＿＿＿＿＿＿＿

＿＿＿＿＿＿＿＿＿＿

請於此處用膠水黏貼